Was wäre, wenn...

Was wäre, wenn...

...uns einmal Dinge passieren oder Geschichten zu Auge oder Ohr kommen, die uns aus unserem täglichen Umfeld erzählen, von "Sachen", denen wir vielleicht bislang wenig Aufmerksamkeit geschenkt haben?

Dieses kleine, scheinbar unscheinbare Umfeld möchte ich, Trebron Ekaas, zu einem "Leben" verhelfen, welches in den Menschen auch das Interesse wecken möchte für sein spezielles, eigenes Lebensumfeld, um daraus wiederum Mut und Begeisterung zu finden...

Viel Spaß und schöne Gedanken beim Lesen!

Trebron Ekaas

Was wäre, wenn...

Erzählungen

zeitlose Gedankenspiele

Originalausgabe
1. Auflage
Oktober 2008
© Norbert Saake, TE-Design Bremen
Alle Rechte vorbehalten
Umschlag: Heidi Saake
Bilder: Harald Freytag
Gestaltung: Norbert Saake
Herstellung und Verlag: Books on Demand GmbH, Norderstedt
Printed in Germany

Bibliografische Information der Deutschen Nationalbibliothek
Die Deutsche Nationalbibliothek verzeichnet diese Publikation in
der Deutschen Nationalbibliografie; detaillierte bibliografische
Daten sind im Internet über http://dnb.d-nb.de abrufbar.

ISBN-13: 9783837074574

Inhalt Teil 1

Inhalt Teil 2

WAS WÄRE, WENN..??

Kleine Gedankenspiele
von
TREBRON EKAAS

Was wäre, wenn ich...?
Dies ist eine Frage, die, wenn man sie sich ausmalt,
zu einer Fülle von verschiedensten Überlegungen
führt.

Die Überlegungen sind philosophischer Art oder
geraten in den Bereich des Träumens, des
Erträumens von Vorstellungen über Gegenstände
oder Zustände, die uns bislang nicht so sehr
beschäftigt haben. Es gibt eine philosophische
Betrachtung, die sagt, dass alles, aber wirklich alles
was wir kennen aus einem Urstoff kommt.
Dies bedeutet z.b., das die Urstoff Verbindung Stein
aus dem gleichen Urstoff besteht wie die Urstoff
Verbindung Mensch.

Um diese Zustände gedanklich zu erzeugen habe
ich diese kleinen Abschnitte von "was wäre,
wenn...?" erdacht und hatte daran riesigen Spaß.

Trebron Ekaas

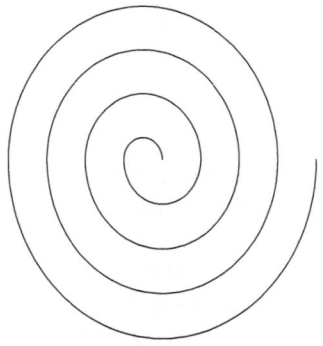

Die Spirale

Sinnbild der Unendlichkeit sowohl in der Unendlichkeit im Kleinen wie im Großen...

Was wäre, wenn ich...

...ein Schluck Wasser wäre?

...dann möchte ich klar und kühl sein, damit ich Dich beim Trinken nachhaltig erfrischen könnte. Du würdest "aahh" oder "mmhh" sagen und Dich über mich freuen, also Dich an mir ergötzen oder Dich an mir laben, ...aber....., Du würdest mich auch in Dich aufnehmen und meine Existenz in eine andere Form bringen..., ja.

Ich würde Deinen Körper durchfließen und an jeder Ecke oder Kurve würde ich juchzen vor Freude, weil ich Dich
nämlich
ständig in
meinem kalten
Zustand kitzeln
würde.

Stell Dir mal
vor, wie ich in
Deinem Bauch
rumpumpeln
würde!!

Du würdest
mich bis in
Deine großen
Zehen spüren,
ganz
besonders,
wenn es
draußen heiß wäre. Natürlich wolltest Du alle meine

Verwandten "Wasserschlücke" auch haben wollen, aber das geht nicht, das wären zuviele.

Ja, wenn ich ein Schluck Wasser wäre, was fiele mir dazu wohl noch alles ein...?

Was wäre, wenn ich...

...ich ein Kugelschreiber wäre?

...dann würde ich in Deiner rechten Hand liegen, Du würdest mich zart umfassen und Deine Gedanken würden aus Deinem Kopf kommen und sich über Deinen Arm auf Deine Hand übertragen.

Du würdest mit mir die schönsten Briefe schreiben.

Briefe voller wunderbarer gefühlvoller Worte und zärtlicher Gedanken und Du könntest gar nicht mehr aufhören zu schreiben, weil ich mit meiner Kugel so leicht über das Papier rolle, dass es Dir ganz schwindlig wird vor Aufregung.

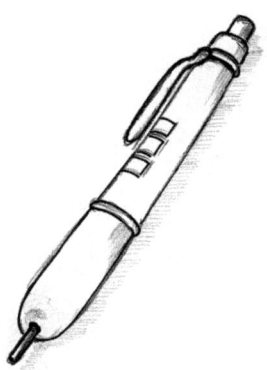

Deine Körperwärme würde sich in mir behaglich ausbreiten und mir ein wohliges Gefühl von guter Laune und Wohlvergnügen geben.

Ich wäre total fröhlich wenn ich Dein Kugelschreiber wäre.

Du könntest mich mitnehmen, wohin Du auch gehst und es wäre so, dass ich Dir immer zur Verfügung stehe mit meiner blauen oder schwarzen Kugelschreiberminen-Farbe, wäre dies nicht eine wahnsinnige Sache.

Sollte ich mal "alle" sein, tauscht Du die Miene einfach aus.

Ja, ohne Miene könnte ich gar nicht schreiben, so ungefähr, wenn Du keine Hände hättest oder keinen Kopf oder keine Füße??

Was wäre, wenn ich...

...eine Apfelsine wäre?

...erst einmal würde ich neben meinen Apfelsinen-
brüdern und -schwestern so faul im Obstkorb
herumliegen, dass meine Schale fast richtig aus-
trocknen würde.

Du würdest mich aber irgendwann mit Deinen
Händen greifen, endlich... dann gräbst Du
höchstpersönlich und
höchstwahrscheinlich Deine
kleinen spitzen Fingernägel, also
den rechten Daumen, in meine
weiche Umhüllung, um mich zu
entkleiden, also das machst Du
so lange, bis ich nackt und bloß
vor Dir liege.

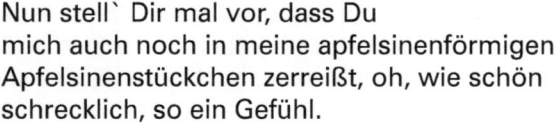

Du bist dabei ein richtig kleiner
Lüstling.

Nun stell` Dir mal vor, dass Du
mich auch noch in meine apfelsinenförmigen
Apfelsinenstückchen zerreißt, oh, wie schön
schrecklich, so ein Gefühl.

Zermalme mich zwischen Deinen kleinen weißen
Zähnchen, aber vorher küsse mich mit Deinen
zarten Lippen und sauge vielleicht auch etwas an
mir, Du "Apfelsinentöterine", Du!

13

Na, ja, das ist ja eigentlich meine Bestimmung auf der Welt, so neben der Möglichkeit, dass sich in meinem Fleisch, durch die Kerne, neue Apfelsinenbäumchen erzeugen lassen. Also wirklich, ich bin schon froh darüber, dass ich dann in Deine Hände geraten bin und nicht als vielleicht verfaulte Apfelsine auf dem Misthaufen.

Wer will das schon??

Apfelsine zu sein hat auch Vorteile. So weit gereist, wie ich ist selten eine solche Frucht, außer vielleicht der Kiwi, die mal neben mir lag und tolle Storys von Neuseeland erzählt hat, wo sie herkam.

Möchtest Du nicht auch dreiviertel Deines Lebens im Baum in der Sonne rumhängen und so richtig von allen Seiten rot/braun werden?

Dieses Leben hatte ich, und jetzt bin ich mit meinem ganzen Leben zu Dir gekommen um Dich zu erfreuen.

Ja, und meistens ist ja bei Euch so um Weihnachten herum, wo alles so herrlich hell erleuchtet ist, aber eben, zu meinem Leidwesen, auch saukalt, das sag ich Dir.

Dennoch, so auf einem Weihnachtsteller zu liegen, oder diesen schönen Tannenbaum zu sehen, das ist schon ein wunderschöner Abgang für mich von dieser Welt.

Bis dann...

Was wäre, wenn ich...

...eine Schere wäre?

...nun, denn eine Schere wäre Leere...

....dies ist etwas Quatsch und nur, weil es sich reimt und der Reim ist noch nicht einmal ein toller Reim, aber was reimt sich schon auf Schere besonders gut?

Würdest Du mich anfassen? Oder hast Du Angst, an meine zwei scharfen Seiten überhaupt zu denken?

Also, meine scharfen Seiten müssen sein, sonst könnte ich ja nicht schneiden. Es ist also nicht primär, das ich zwei scharfe Seiten habe, (andere haben gar keine oder nur eine) was Dir Angst macht, vielleicht auch meine wahrlich fürchterlich spitzen Spitzen, mit denen Du zu Anfang in dem Papier herumbohrst, oder was Du sonst noch alles mit mir anbohrst.

Manche Bohrsachen finde ich einfach widerlich!

Dann möchte ich aufschreien oder mit meinen Schenkeln quietschen, ja ich habe zwei scharfe Schenkel, sogenannte Scherenschenkel, die Dir eben die Arbeit des Schneidens abnehmen.

Stell Dir mal vor, Du hättest mich nicht, dann müßtest Du alles durchbeißen oder auseinander-reissen oder abhacken, gräulich, diese Vorstellung!

Du würdest ein Blatt Papier nicht durchschneiden,

sondern durchhacken müssen!

Allein die Vorstellung bringt auch schon meinen Freund, den Briefbogen völlig aus dem Häuschen.

Ja, da staunst Du, der Briefbogen ist mein Freund, auch wenn Du mich dazu benutzt ihn zwischendurch mal so richtig zu beschneiden.

Ihm ist das erheblich lieber, wenn Du ihn beschneidest, als dass Du ihn durchreißt oder vielleicht sogar zerknüllst.

Also Zerknüllen ist das Schlimmste, was Du meinem Freund antun kannst, das sage ich Dir im Vertrauen.

Was wäre, wenn ich...

...eine Tasse wäre?

...eine Tasse in Deinem Sammelgeschirr?
Ich würde von Dir stets vorsichtig behandelt
werden.

Du würdest mein zartes Dekor oft mit einem
weichen Tuch abreiben und Dich bewußt an
meinem Bild von zarten Linien und
Farben erfreuen.

Wie schön gefühlvoll ist
es erst, wenn Du meinen
Bauch mit aromatisch
duftenden Kaffee füllst.
Also die letzte Kaffeesorte
war allerdings nicht so toll!

Wenn sich Deine Lippen
dann langsam an mich heranmachen, sich leicht
öffnen, und zuerst Deine Unterlippe "Tuchfühlung"
mit mir aufnimmt, aber dann, wenn Du mich
vorsichtig "kippst" auch noch Deine Oberlippe
meinen Tassenrand berührt, ach, ist das schön zart!

Manchmal hältst Du mich auch mit Deiner rechten
Hand so ganz umfaßt, also so locker leger und tust
so, als wärmst Du Dich an mir!!

In Wirklichkeit wärmst Du ja mich, weißt Du!
Du drückst mich dann dabei an Deine Wange und
ich fühle tatsächlich manchmal Deine weichen
Hauthärchen auf meiner glatten Oberfläche kitzeln.

Im Geschirrspüler, allerdings, fühle ich mich gar nicht wohl. Dort wird es so dunkel und ungemütlich und zwischendurch diese nassen, kalten Schauer beim Vorspülen und danach auch noch die heißen Schauer mit der Seifenlauge, also eklig, Igittigitt!!

Eklig und ganz übel wird mir, wenn Du so alte, fettige Sachen mit mir zusammen wäscht, also, dann wirbelt soviel Fettmasse um mich herum, daß ich davon ganz krank werde.

Manchmal, das muß ich einfach mal sagen, stellst Du mich auch so doof in den Geschirrspüler-Drahtkorb, das ich an irgend so ein Stück anstoße, also wenn die Wasserschwälle so schwällen, so an mir entlangfegen und mich aus meinem Gleichgewicht bringen.

Je nachdem, wie hart dieses Anstoßen vonstatten geht und auch wie hart der Körper Kontrahent ist (Edelstahl oder Plastik), es stört einfach mein Seelenleben, so einfach angestoßen zu werden.

"Komm` mir nicht noch einmal an mein zartes Dekor, Du altes ungehobeltes Stück Schüssel", rufe ich dann, aber eigentlich nützt es nicht sehr viel.

Was wäre, wenn ich...

...ein Blatt Papier wäre?

...wie groß?

Sagst Du ein Blatt zum Einwickeln von Butterbrot?
Papier?

Da nimm doch lieber was anderes, als gerade
Papier!

Oder vielleicht ein
Blatt, um ein
Geschenk zu
verpacken, schön
bunt, mit kleinen
Zitronenfaltern
und Pfauenaugen
oder diesen
exotischen
Schmetterlingen
bedruckt???

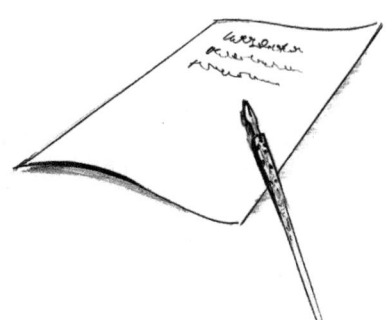

Ein Blatt Papier
also, dies mit den
scharfen Kanten,
woran man sich die Finger aufschneiden kann,
wenn man nur mal so daran entlangfegt!

Also, ich wäre zum Beispiel dieses Stückchen
Papier, was Du jetzt gerade in Deinen Händen hältst,
so, als wäre gar nichts gewesen.

Den Kaffeefleck, den Du mir dann machst, halte ich

für einen Makel, aber alles, kann Dir eben nicht
gelingen, im Leben.

Du hast mich mal bedichtet und beschimpft, aber
danach doch wieder gelobt. Ja, in diesem Gedicht
habe ich auch Deine Seele begriffen und Du kannst
daher hoffentlich jetzt besser mit mir leben, oder??

Das leere Stück Papier...

Du altes, leeres Stück Papier
sag an, was willst Du nur von mir?!

Hast Du nicht schon genug gefordert?
Den leeren Kopf Dir hinbeordert?
Willst Du mein alles, was ich denke
Tust Du`s für Geld? Willst Du Geschenke?

Du Stück Papier, liegts flach darnieder
rührst selbst Dich nicht, doch immer wieder,
zeigst Du mir offen meine Schuld,
füllst mich mit Deiner Ungeduld,
die Ideen und Neues ordert,
und mich damit fast überfordert.

Du altes Stück, Du flacher Schelm,
willst mich bis in die Spitzen quälen?
Du trägst nicht Lanze und nicht Helm
weshalb grad` mußt Du mich erwählen?

An Deiner Flachheit rumzumachen
erscheint mir manchmal nutzlos Tun.
Es sind oft nicht die feinsten Sachen
manch` Inhalt läßt nicht jeden ruhn.

Ist Deine Fläche nicht Betrug?
Wenn ich sie fülle, Zug um Zug?
Doch Worte sind es, und auch Bilder,
gelten vielen als Helm und Schilder!

Es nutzen Lehrer Dich und Diebe,
die Polizei, und auch die Liebe,
und alle die dann vor Dir steh`n
die wollen ein Ergebnis sehn.

Du bleibst hierbei so weiß und kühl,
zeigst weder Reue noch Gefühl.
Du forderst, alter, flacher Lappen
Du forderst leise, ohne klappen

Ich könnt` Dich manchmal, wenn ich wollte,
zu einem Knäuel ganz zerdrücken.
Ich hätt` kein Mitleid, was ich zollte
ich würd` Dich Stück um Stück zerstücken.

Sogar auch wenn Du unbeschrieben,
sogar wenn auch ein Punkt nur wär`,
ich tät Dich in die Ecke werfen,
weil Du mich forderst immer mehr.

Du altes, glattes Stück A-4(vier),
Du bringst mich groß ins Grübeln, beschreib` ich
mich und meinen Tag
werd` ich`s Dir noch verübeln.

Ich bin ganz ehrlich zu Dir selbst!
Du bist fast frei von Schuld,
allein die Sache, daß Du leer,
steigert die Ungeduld.

Du leeres, weißes Unschuldsblatt,
mit dem Du mich so zerrst,
machst mich gedanklich völlig satt
bringst mich in Rage erst.

Ich fülle Dich mit Kringelein,
ich punktele Dich auf,
Ich kreuze Deine Ecken ein,
Ich fühl` ich bin gut drauf.

Bis, ja, bis zu dem Punkt,
wo sich mein Kopf verwirrt.
So ungestüm und kunterbunt
hab mich in Dich verirrt.

Du gibst mir keinen Halt,
ich fühle dies genau
an Dir werd` ich noch alt
an Dir werd` ich nicht schlau.

Gib mir doch einen Rat
aus Deiner vollen Leere...
Du, zartes Blättchen Du
wie glücklich ich dann wäre.
Aber in einer stillen Stunde
da seh` ich Dich, nicht oft und gibst mir frohe
Kunde
auf die ich schon gehofft.
Du weißt dies nicht, bist doch der Träger
hütest den Inhalt wie ein Häger.

Alles was Dir dort anvertraut
erscheint dem Leser still, nicht laut.
Vermittelst Glück und Schmerz und Hoffen
Du liebes Blatt, so zart

Dein ganzer Inhalt , frei und offen,
behutsam Deine Art.

Zu jeder Zeit ergießt Dein Inhalt sich,
Nichts, was da ist, behältst Du dann für Dich!

Du öffnest eine Tür, und immer wieder neu:
Du nimmst dem Menschen, wenn er will, die
unbestimmte Scheu.

Oh, liebes Blatt Papier,
Ich komme gern zu Dir,
ich bring` , wenn ich vermag
Dir Zeile Tag für Tag.
Und trägst Du sie für mich
die Worte, weit hinaus
so lieb` ich Dich dafür
und schimpf Dich nie mehr aus.

Ein kleines Scherzgedicht...

Trebron Ekaas November 1994

****

Ich habe das Gedicht für Dich also noch einmal
festgehalten!!

Ja, ich!!, Dein Papier!!, nicht Du!!

Denn Du hast ja selber gesagt, daß ich Dein
Medium bin und Du bist nur mein Arbeiter!!
Genau!!

Du bist mein Angestellter!!

Das glaubst Du nicht, oder??

Sieh mal, wenn ich nicht wäre, hättest Du jahrelang nichts zu tun gehabt!!

Wie oft hast Du mich gefüllt mit Deinen dämlichen Ergüssen von Worten und Wortfetzen oder diesem fürchterlichen Geseiere ohne Sinn und Verstand. Aber Du hast Dich gebessert! Wirklich und ehrlich! Deine Worte werden klarer und gezielter, ja, Du hast schon sogar ein wenig Qualität bekommen, was ich sehr begrüße!!

Also, wenn ich die Wahl habe zwischen Dir und anderen, so nehme ich Dich immer wieder! Ein tolles Kompliment, nicht wahr?

Dich kenne ich. Deine Art ist mir geläufig und ich habe mich an Dich gewöhnt. Benutze mich ruhig, wie Du willst. Du hast mein vollstes Vertrauen. Du kannst Dich setzen! Eins im Betragen!

Siehst Du auch, wie ich Dich in der Hand habe?? Du schreibst ja schon das, was ich Dir diktiere!! Und merkst Du, wie flüssig es Dir von der Hand geht, alle diese netten Geschichten auf mir zu verewigen!!

Ja, mach weiter so!!

Ich fühle Deine Hand manchmal so sanft über mich hinwegstreichen.
Weshalb machst Du das so?

Willst Du mich gütig stimmen?

Streichelst Du mich, weil ich so willig und auf-
nahmebereit bin und ich dadurch vielleicht noch
leichter zugänglich werde.

Ich kenne Euch Ihr Menschentypen!!
Ja, ich habe Dich durchschaut, Du kleiner goldiger
Schreiberling!!

Auch wenn Du mich nachher bedrucken läßt mit
Deinem Computerdrucker, es sind immer noch
Deine Gedanken, die Du auf meinen Befehl hin auf
mir verewigst, hast Du das endlich begriffen!!

Aber ich bin ja gar nicht so!

Ich bin Dein Freund oder Deine Freundin und biete
Dir meine ganze Fläche, auf daß Du sie benutzt und
verbrauchst, wie Du willst.

Wer, wer, sag ich Dir macht das schon auf der Welt
mit sich??
Ungeschützt und ohne das ich mich wehren werde!

Ich weiß auch, daß Du mich beschützen wirst, ja,
davon bin ich atomfest überzeugt!

Du doch auch, oder??!!

Du schneidest mich jetzt in ein Format, welches ich
persönlich zwar etwas klein finde, dieses DIN A-
sechs, komischer Name, findest Du nicht auch, aber
ich weiß ja, wie Du das meinst.
Dadurch kann ich mich ja auch viel besser durch die

Welt bewegen!

Ja, in den Taschen von vielen Menschen fühle ich mich eben auch am Wohlsten, denn dann werde ich meiner Bestimmung am Besten gerecht, weißt Du! Ja, und da fängt auch unsere schöne gemeinsame Beziehung an zu wirken.

Wie? Fragst Du?? Na, ich und Deine Worte, wir sind ein unschlagbares Team, weil wir die Menschen begeistern.

Wir zusammen!!

Du mit Deinen Worten und klugen Sätzen und klaren logischen Schlußfolgerungen und ich mit meiner Beständigkeit und Treue.

Ja, Treue, denn alles, was Du von Dir gegeben hast, also auf mich schreibst, alles bleibt erhalten und wird sogar in die Köpfe der Menschen wandern, die uns zu schätzen wissen, natürlich nur die.

Du, Partner, ich warte auf Dich!

Wenn Du willst bin ich für Dich männlich oder weiblich.
Alles tue ich, damit ich Dich glücklich mache.

Was wäre, wenn ich...

...eine Büroklammer wäre?

Du hast vielleicht Ideen!

Was heißt Büroklammer??

Ist das dieses Ding, was Du immer so nimmst, wie fast alle meine Brüder und Schwestern, dieses Ding, was Du so herumbiegst? Dies, was Du ständig am Verformen bist, und ich dadurch gar nicht mehr weiß, ob ich Männlein oder Weiblein bin?

Daran merke ich immer Deine Stimmung!

Also für das Festklammern bin ich ja gemacht, aber dieses unkontrollierte herumdröseln und huckseln an mir, so z.B., meine Klammerbügelkraft zu mißbrauchen und mich so um und um zu drehen und zu biegen, das halte ich nicht aus!

Du brichst mir dabei, ohne mit der Wimper zu zucken, mein Rückgrat auseinander, und lachst nicht mal!

Manchmal machst Du sogar noch Witze über anderes und brichst dabei meine empfindlichsten Stellen auseinander.

Und wenn Du dann zwei Teile von mir hast (ich glaube ohne es zu wollen), dann läßt Du mich einfach fallen, wie eine heiße Kartoffel, und holst Dir gleich eine neue Spielgefährtin oder Gefährten eine von meinen Schwestern oder Brüdern und fängst was mit denen an, Du Lustmensch!!

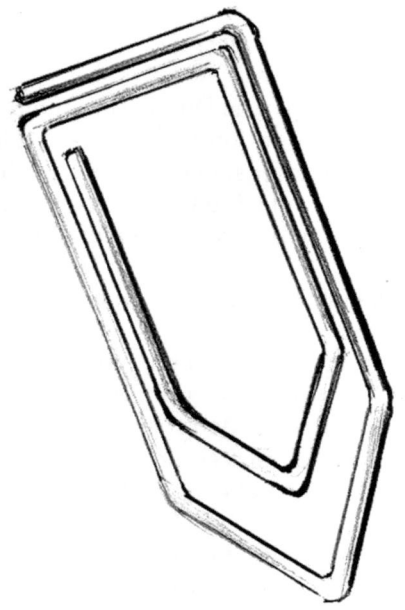

Also, Du weißt schon, als Du mich so richtig benutzt hast, das war schön!

Deine Hand hat mich so leicht aufgenommen und mich umgedreht, so ein paarmal um mich selber, das mir ganz schwindlig wurde vor Glück.

Ganz leicht hast Du mich mit Deinem Daumennagel

angebogen, so, als wolltest Du meine Kraft ausprobieren. Ja, ich hatte eine unbändige Lust, Dir zu zeigen, wie kräftig ich war! Ich hätte ohne weiteres zwanzig Papierbögen zusammengehalten, ohne dabei schlappzumachen.

Und Du weißt, wieviel Ausdauer ich habe, ja?

Nun bin ich ja auch eine kleine Büroklammer, ob Du es glaubst oder nicht, ich klammere nicht.

Nicht so, wie ein Mensch klammern kann, denn durch mich bist Du frei und unabhängig.

Du kannst, wenn Du mich benutzt, Deine Hände ganz freihalten für andere wichtige Sachen!! So z.B., wenn so viele Papierbögen direkt im Zugwind liegen, halte ich sie fest, wie ein Schafhund seine Schafherde, und Du?

Du brauchst dann nicht so heftig und heftig zuzugreifen und so chaotisch reagieren bei einem solchen Windstoß, wie Du das immer so machst, wenn ich noch nicht meinen Einsatz habe.

Ja, Du bist eigentlich nett, aber doch ein kleiner Sadist, ohne Frage, oder findest Du nicht??!

Ich mag es nicht, wenn Du mich seitwärts aufrollst, kannst Du Dir das vorstellen?
Seitlich ausrollen und glatt machen ist total eklig und auch noch unfair mir gegenüber.

Wenn Du mich dann auch noch zum Herumbohren in irgendwelchen obskuren, eklig glibberigen

Flüssigkeiten verwendest, also dann fühle ich mich absolut vergewaltigt.
Dann möchte ich am liebsten Feministin oder Feminist werden.

Flüssigkeiten sind für mein Aussehen genauso schrecklich, wie für Dich honigverschmierte Hosen oder Blusen und Hände, wie geteert und gefedert, Du Deubel!

Aber ich liebe Dich dennoch, weil Du mich unter einhundertsechsundneunzig Trillionen auserwählt hast für Dich da zu sein, jawoll!!

Was wäre, wenn ich...

...eine Suppenschüssel wäre?

...neulich, als es eine große Party gab bei uns, da war ich voll in meinem Element.
Ach wie herrlich habe ich mich in der heißen Suppe geaalt und ich glaubte ich hätte Urlaub.
Ja, liebe Leute, dass war eine riesige Sache für mich, die nicht alle Tage vorkommt!
Die Party war in vollem Gange und die Stimmung war riesengroß, als ich hereingetragen wurde. Die Leute, allen voran Tante Erna, machten wirklich überraschte "Ahhs und Ohhs" und ich glaubte, dass dies alles mir galt, wirklich eine tolle Sache.
Ja, ich sehe ja auch aus wie eine Primadonna!
Mein Körper ist ja eine einzige schöne Form, ohne Makel und Tadel. Am Schönsten ist mein farbenfrohes blumiges Dekor, allein, wie das Wort Dekooor, so langgezogen fein klingt, das macht mich überglücklich.

Also die Rosen, die meinen Bauch zieren sind fast echt, so wie sie aussehen, ich glaube auch, sie sind echt.
Keine aufgedruckten oder abgeschlafften Kunstdekors, nein, echt echt.
Ich habe niemals Schwierigkeiten mit meinem Gewicht oder mit meinem Bikini zur Sommerzeit, wißt ihr. Dieses dumme Gerede vom abnehmen.. abnehmen oder Diät leben halte ich für total überflüssig.
Ich esse, was in mich hineinkommt und glaubt mir, es passen ganz andere darauf auf, das ich nicht überlaufe.

Die haben dann eine wahnsinnige Angst, das ich damit die ganze Tischdecke oder den Fußboden vollmache.

Na ja, mit den Suppen stehe ich sowieso auf Du und Du. Ich halte alle zusammen und bilde somit fast ein "Suppen aller Länder vereinigt euch "-Bild.

Ja, es ist nicht zu glauben, wie hochpolitisch ich mich als Suppenschüssel fühle.

Die Ansprachen, die ich natürlich in aller Öffentlichkeit halte, haben wirklich Gehalt und Zündstoff. Die scharfen unter unseren Suppen fangen fast an zu kochen, wenn ich so richtig über die heutige Politik herziehe.

Es ist ja auch manchmal zum Auskochen, wenn man sieht wie die Suppen zubereitet werden und blödsinnigerweise hochversalzen sind, wenn sie auf den Tisch kommen.

Ich als Suppenschüssel habe damit wirklich meine Probleme.

Ja, Leute, privilegiert bin ich natürlich hoch drei. Glaubt ihr wohl ich werde in irgendwelchen Ecken herumgeschubst, wie die Tassen und die Teller, nee, nicht mit mir, ich stehe immer und total voll auf der Mitte des Tisches, also voll im Blickpunkt und im Leben.

Sogar beim Abtragen werde ich behandelt, wie eine Diva.

Keiner wird mich in irgendeiner Weise anstoßen oder unsanft behandeln, und wißt ihr weshalb?

Ich habe meinen Preis, ja!

Natürlich habe ich meinen Preis gegenüber allen anderen Tellern, Tassen oder Schüsseln der

Kategorie unter 2.

Ich bin eben die Nummer eins auf dem Tisch und,
Leute hört, auch im Schrank!
Ich nehme mir meinen Platz und ich hole ihn mir
auch, weil ich auch in der Lage bin zu geben.
Klaro, wie Kloßbrühe und Kartoffelsuppe!
Was glaubt ihr wohl, wie geil die Leute in mir
herumwühlen um noch irgendwo ein wenig Fleisch
aus meinem Bauch zu holen. Da sehe ich manche
Gesichter hell glänzen, wenn ich dann noch ein
Stück von meiner Suppe freigegeben habe, was ein
anderer eben nicht bekommen hat.
Ja, die Zusammenarbeit zwischen mir, der Suppe
und der Suppenkelle funktioniert einwandfrei.
Ich gebe auch nicht jedem was der sich so
rausangeln will, nee!!
Manche sind ja so dreist und rühren und rühren,
dass mir ganz dumm wird in meinem Bauch.
Diese Leute kriegen nichts!

Auf meine Henkel lass ich ebenso nichts kommen,
wie auf meine Füße. Also meine Henkel zieren sich
niemals, wenn man sie so richtig anfaßt, also so
kräftig zupackt, wie es nur geht. Die Henkel halte ich
auch ziemlich kühl, denn da gilt bei mir die Parole
"cool bleiben, Baby" auch in heißen Situationen wie
auf dieser oder jener Party.

Ja, ja, ich bin eine Suppenschüssel die im Leben
steht.

Ich stehe meine Schüssel, ohne zu klagen und zu
meckern. Und ich stehe auf meinen drei Beinen wie
eine Eins.

Ganz daneben finde ich es nur, wenn ich mit Klößen zu tun bekomme. Klöße, egal, welche oder auch Kartoffeln passen einfach nicht in mich hinein. Richtiggehend geschmacklos und ohne Niveau. Ich finde es igittigitt, wenn der Kartoffelbrei oder Kloß Sums so an mir kleben bleibt und die an mir herumscheuern müssen um das wieder in Ordnung zu kriegen.

Scheuern finde ich eben bescheuert!

Na, ja, bis dann.

Wir werden ja mal sehen,
wie wir uns wiedertreffen
auf dem Tisch.
Ob ich Dir dann was
abgebe, aus meinem
Bauch, liegt auch ein
bißchen an Dir und wie
Du Dich benimmst.

Also, wie gesagt, rumrühren und anecken mit meinem Partner Suppenkelle ist nicht drin, dann gibt´s was ohne Fleisch, das sag ich Dir!!

Schaun mer mal!

Was wäre, wenn ich...

...ich ein Löffel wäre?

...als ich geboren wurde, wußte ich noch nicht, was ich bin.

Dies wurde mir erst klar, als ich das erste Mal in einer Puddingschüssel landete und siehe da, keine große Frage, ich bin ein Puddinglöffel oder glaubt ihr etwas anderes??

Ja, liebe Menschen, mein ganzes Leben will ich vor euch ausbreiten, wie der Luftballon, die Suppenschüssel oder der Schluck Wasser.

Alle meine Abenteuer, die sich ja im wirklichen, echten Leben abspielen, lasse ich wie einen Spielfilm vor euch abspulen und denke gar nicht daran, irgend ein Detail auch nur auszulassen.

Ihr sollt ins Schwitzen kommen von meinen ungewöhnlichen Erlebnissen und euch sollen die Haare zu Berge stehen, alle, die ihr noch habt und auch die Glatzenträger unter euch werden wieder verspüren, wie es ist, wenn die Haare zu Berge stehen.

Jeder Pudding soll vor mir erzittern, wie, als ob und wenn er Wackelpudding wäre.

Ja, ihr Menschen, meine Abenteuer werden in die Geschichte aller Löffel eingehen, wie der dreißigjährige Krieg oder die Kreuzzüge, dafür werde ich mich krumm machen, egal in welche Puddingsoße oder Milch Mehl Speise ihr mich abtauchen lasst.

Selbst Könige und Kaiser werden vor Neid und Ehrfurcht vor meiner Lebensgeschichte erblassen und sich wünschen, sie wären selber Löffel gewesen.

Ja sogar die Heiligen Drei Könige aus dem Morgenland werden nach mir fragen, denn ich bin

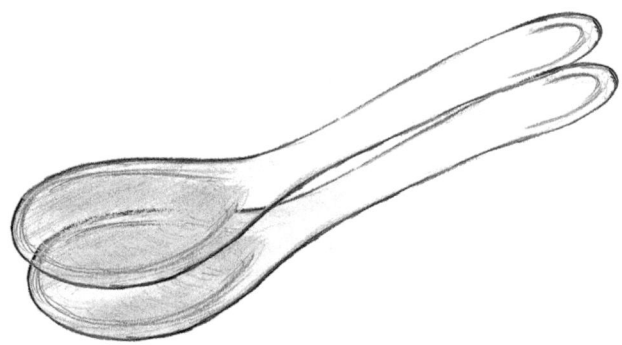

das pure Leben, nämlich das pure Puddinglöffel-Leben.

Wer vermag schon zu ermessen, an welchen entscheidenden Entscheidungen ich im Leben der Menschen mitgewirkt habe?

Natürlich ist das alles authentisch und original nachvollziehbar, oder glaubt ihr denn ich könnte irgendeine blöde Unwahrheit von mir lassen? Nein, Leute, lügen, wie auch immer liegt mir nicht!

Meine Löffelschale ist rein und ich bin klein, so

lautet mein Wahlspruch vor jeder größeren Mahlzeit.

Wenn ich so den Pudding..., ach ja ich wollte ja noch erzählen, wie ich mir vorstelle, wie ich euch am besten in meine riesigen Abenteuer einbeziehe...,

...ja, wie mache ich das am Besten?...

...ja, Mmm, irgendwie habe ich jetzt den Faden verloren...., irgendwie den Faden...,

ach ja, ich wollte doch die Geschichte vom Faden erzählen, also wie es wäre, wenn ich ein Faden wäre..., ...ja, das ist interessant, wenn ich von einem Löffel zum Faden werde, ein wirkliches Abenteuer, so richtig nach meinem Geschmack, ich und ein Faden, zum Schreien..., wirklich...

Lieber Mensch,

...jetzt mal eine kleine Lesepause einlegen!

Einmal darüber nachdenken, was Du noch so alles machen kannst um Dein persönliches Glück zu finden!

Ja, eine Pause ist auch schön um zu entspannen!

Einmal auch an nichts denken... Ruhe...

langsam und bewusst...

ATMEN...

Was wäre, wenn ich...

...ich ein Hühnerei wäre?

...als ich so das erste Mal wahrnahm, was ich bin,
lag ich im Eierstock von Brunclaude, der Henne
Nummer 96, auf dem Hof neben den drei großen
Birken und dem Fluss der an der Straße links vom
Acker vorbeifloß...

So jetzt habe ich
mich erst einmal
vorgestellt.
Ich bin also ein
Hühnerei und ihr
wollt wissen, wie
ich mich fühle?

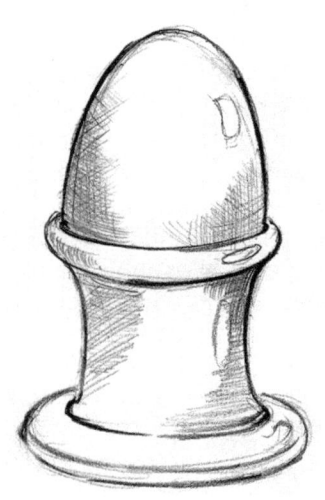

"Gestern gings
noch", ist vielleicht
eine Antwort.
Gestern hatte ich
gerade die Phase
der ersten
Hautbildung hinter
mich gebracht und
wusste also, das
ich das (lange
Zahl)

eintausendsechshundertvierundzwanzigste

Ei der Henne Brunclaude, der Henne Nummer 96
auf dem Hof neben den drei großen Birken und
dem Fluss der war... ...siehste, jetzt habe ich mich

schon wiederholt und bin noch nicht mal so alt, das ich das Licht der Welt erblickt habe.

Aber ich wurde ganz schnell soweit, dass ich eine dicke Haut bekam (Schale heißt das bei uns!). Nach 7 Tagen bekam Brunclaude ein drängendes Gefühl, und siehe da, ich lag im Stroh neben Brunclaude, also erst unter Brunclaude und war ein Ei, ein richtig geformtes, gelbbraun gesprenkeltes und festgefügtes Hühnerei ohne Scham heraus gekrochen aus dem Ausgang, der für mich vorgesehen war.

Ja, der Weg war etwas beschwerlich und die Rutsche, also der Gang war auch nicht so geschmiert, wie es mir im Allgemeinen vorausgesagt wurde, aber es ging dennoch.

Als ich so sinnierend im Grase lag und mir meine "Lebensphilosofie" (weibl.) bildete, da war mir klar, dass ich mich von alleine nicht fortbewegen konnte. Ich mußte also verharren in der Stellung und auf der Stelle, die mir durch meine mich bewegenden Kräfte zugeteilt worden war und wurde.

Ja, Leute, welch eine Erkenntnis eines so schönen Hühner-Eis, wie ich es nun einmal war.

Meine Schale war zwar ganz schön stabil, aber es kam darauf an, von welcher Seite ich bedrückt wurde. Meine lange Seite zu bedrücken war schon ein Problem für mich, etwas Bedrückendes, wirklich. Ich konnte kaum standhalten, als sich der Hahn näherte und mich mit seinem Schnabel anstubste, und mit seinen Glubschaugen fixierte. Schon hatte ich das Gefühl, ein Riesenloch in mir zu haben, aber meine Gedanken stellten sich als "Denk-Ente" heraus.

Als ich nun nach ca. 2 Stunden plötzlich aufgehoben wurde, da fühlte ich mich schon aufgehoben. Eine warme weiche Hand grabbelte nach mir, fasste einen Entschluss und hob mich in einen Eierkorb, den ich bis dahin noch nicht kannte.

Ja, so ein Eierkorb hat noch Vorteile, vor allen Dingen, wenn man nicht so weit unten liegt als Ei, sondern mehr oben und am Rande, so neben der gepolsterten Seitenwand.

Wie für uns gemacht, dachte ich, als ich im Korb lag.

Mein weiteres Schicksal war mir ungewiss, aber als ich mit meinem Kollegen "Weißei", so hatte ich ihn getauft, den Bruder, der neben mir lag, so in einen Raum geschuckelt wurde, der so ganz und gar warm war und voller bislang mir unbekannter Düfte, da wurde mir klar, das mein Schicksal vielleicht doch kein so Schlechtes sein konnte.

"Weißei" kam als Erster dran und ich hörte ein recht angenehmes platschendes Geräusch, so wie wenn ein etwas ins Wasser fällt. (Woher ich Wasser kannte, war mir allerdings recht unklar). Also Weißei platschte und dann knister- und knasterte es und dann kam ich......

... ich spürte dieselbe zarte Hand, die mich aus meinem Schattendasein im Hühnerstall befreit hatte. Sie duftete so wundervoll nach irgendeinem

Pariser Parfüm Nr. 5, oder so, glaube ich......

Ich spürte ein hartes "an die Schale klopfen", ein kurzer Stich in die Magengegend, meine innere Haut bäumte sich auf zu einem Widerstand, aber der war zwecklos.

Der Rand einer Pfanne, das bekam ich noch mit, das Platschen und Aufzischen in heißer Butter und mein Aufjuchzen, für dieses Schicksal danke ich meinem Schöpfer.

Ja, nun war ich eben kein Hühnerei mehr und meine Geschichte setzte sich als Spiegelei fort, aber davon soll das Spiegelei selber erzählen, denn Faulheit habe ich während meines ganzen Lebens niemals unterstützt, weißt Du......

Was wäre, wenn ich...

...ein Spazierstock wäre, oder sonst was??

Hier kommt nun Deine Geschichte hin, also die Geschichte liebe(r) Leser-in, die DU DIR ausgedacht hast bei den Dingen des täglichen Lebens, die DICH begleiten und die Dir etwas erzählen können, oder auch nicht.(Dann musst Du das selber machen)

Dies können ganz kleine Begebenheiten sein, die nicht unbedingt gleich eine ganze Geschichte ergeben, nein, auch kleine Stichworte können schon zu einer großen Gedankenflut führen, und das macht sehr viel Spaß darüber nachzudenken.

Ich, als Schreiber, bin mir bewusst, welche Abgründe sich öffnen können, wenn einige über den existenziellen Sinn eines Spazierstocks nachdenken und ihn zu einem "leben den " Wesen machen.

Ja, und "lebende", eben auf jeden Fall existierende Dinge, sind sie schon, die Dinge der Welt. Sogar der Felsen, der vielleicht 40 Milliarden Jahre alt ist, hat eine Existenz von unermeßlicher Größe.

Diese vielen verschiedenen Dinge nach-
zuvollziehen in ihrer Existenz, die Gedanken zu
ergründen, auch wenn es etwas verrückt
erscheint, dass ist schon eine Vielfalt, die kaum
noch zu messen ist. Hierbei bekommt der
LeserIn auch ein Gefühl für den "Wert" der
Dinge, ohne jetzt dabei MaterialistIn zu werden.

Die Dinge bekommen einen Sinn und sie
werden zu begleitenden Objekten im Leben,
ohne zu belasten oder zu enttäuschen.

Ich freue mich auf diese Gedankenvielfalt.
Meldet euch mal, ...ihr Wesen...

Was wäre, wenn ich...

...eine Rose wäre?

...die Nacht brach herein und im Garten bewegte sich eine dunkle Gestalt durch die Büsche. Als sie an dem kleinen Häuschen vorbei schlich, duckte sich die Gestalt an der Fensterfront entlang und bewegte sich mit ein paar gebeugten Schritten zur Tür des Pavillons...

...an der Pavillon Tür verhielt sich die Gestalt ein wenig abwartend und drehte sich dann schnell um, schlich geduckt zu einem Strauch voller wunderschöner Rosen, zückte ein Messer und...

...schnitt mich ab...

MICH..., ja, mich, denn ich bin die Rose, von der ich euch erzählen will.

Ich bin eure Rose.

Ich wurde von einem verliebten Mann in einer kühlen Sommernacht von meinem Busch getrennt und fing mein Rosen Leben an.
Ja, ich wurde Deine Rose, denn der Mann war Dein Freund und ich wurde Deine zarte Freundin für ganze fünf Tage meines Rosenlebens.

Ich machte Dir nichts vor, als Rose, wie die Männer es im Allgemeinen machen. Ich duftete so vor mich hin und ich fühlte Dein Näschen, wie es sich mir näherte und versuchte an mir herum zu schnuppern.

Dein hübsches Näschen schnupperte meinen weichen Rosenduft!

Es gab kaum schönere Momente für mich, als Dich in meiner Nähe zu spüren.

Ich fühlte, wie Du mich mochtest und ich duftete um so mehr, je mehr Du mich bewundertest. Ja, meine Stacheln, die mir am Rest meines Stängels verblieben waren, machten Dir nichts aus. Du warst ja ganz vorsichtig, als Du mich in die Hand nahmst. Ich versuchte Dich nicht zu stechen, besonders auch weil Du mir jeden Tag frisches Wasser gegeben hast.

Das macht keiner, der mir Böses will, oder?

Ich wusste zwar nicht, was ich auszudrücken vermag, als ich an Dich verschenkt wurde, aber das dieses etwas Schönes sein mußte, das war mir schon deutlich.
Zu Anfang hast Du mich sogar geküsst, was mich sehr erregt hat. Meine Blätter zitterten vor heller Aufregung und mir schoss mein Blut in meinen Blütenkopf, so dass ich noch ein wenig roter wurde, als ich schon war.
Hast Du mir eigentlich gesagt, was für eine Bedeutung ich für Dich habe?

Ich glaube nicht!
Aber lass mich mal raten!

Also ich kam von einem Mann, der eigentlich nichts für mich übrig hatte.

Der hat mich ja auch von meiner kleinen Lieblingsschwester, Rose Cleo, die ein wenig weiter von mir wuchs getrennt. Ja, der hat sich keine Gedanken gemacht, als er mir meinen Stängel abschnitt. Dennoch bin ich ihm dankbar dafür, denn sonst hätte ich Dich ja nicht kennen gelernt.

Also ich rate! Bist Du vielleicht krank und ich sollte Dir eine Freude machen?

Nein?!

Bist Du vielleicht ein Geburtstagskind und der Mann hatte kein anderes Geschenk dabei, vielleicht vergessen?

Auch nicht? Ja, manchmal hörte ich, gibt es Zustände unter den Menschen, da soll sich so etwas abspielen, was man Liebe nennt. Dies drücken die so aus, indem sie den Rosen die Stängel durchschneiden und diese dann verschenken, wie

Sklaven. Ja, wenn es das wäre hätte ich dafür Verständnis.

Also, Du nickst mir zu, aber Du sagst, wissen weißt Du das nicht. Ich bin also eine Rose der Liebe. Schon schön , wirklich!

Sollten wir uns nicht einmal unterhalten, ehe es für mich zu spät ist, wie Du mit dem Kerl eigentlich dran bist?

Also, ein scharfes Messer hat er schon in der Tasche, das kann ich bestätigen.

Was so ist mit seiner Art, etwas auszuwählen, da kann ich Dir sagen, er hat ein gutes Händchen, weil er Dich ja auch gefunden hat und natürlich mich, als die schönste Rose am Strauch. Das hat mir meine Schwester Cleo und auch der Morgentau bestätigt. Du bist die Schönste, haben viele gesagt.

Ja, daran bin ich gewachsen und habe mich total herausgeschält aus meiner Umhüllung.

Schon in der Anfangsphase meines Lebens hatte ich einen edel geschwungenen Rosenknospenkörper, so bauchig zart und oben so eine vollkommene Spitze von Blütenknospen Blätterumhüllungen, ein wahnsinnig langes und ungemein wichtiges, lebensbejahendes Wort für meine Psyche.

Also, wie Du mit dem Kerl dran bist, also so, nimm ihn. Was Besseres findest Du zur Zeit nicht. Es ist nichts auf dem Markt!, weißt Du.

Ich hörte auch von der Rosenstrauch Parade, als wir diese Party gefeiert haben anlässlich meines Geburtstages, dass es nicht sehr viele Männer gibt, die ihren Mädels schöne Rosen schenken. Dein Knacker muss doch was Besonderes sein, also nimm ihn, aber bleib cool dabei. Lass Dir nicht unbedingt anmerken, wie Du auf ihn abfährst.

Weißt Du weshalb?

Ich will Dir das erzählen!

Ich habe auf meiner Geburtstagsparty nämlich auch gehört, dass die anderen Rosen auch gerne noch mal in Deine Nähe wollen, nur so zum Spaß weißt Du. Die wollen alle mal Dein Näschen von Nahem sehen und in Deine Augen schauen können oder Deine zarten rosaroten Lippen auf sich spüren.

Wenn Du aber zu freigiebig bist mit Deiner Gunst, dann kommen die anderen Rosen vielleicht nicht mehr dran, weil Dein Kerl sagt, "jetzt reicht´s mit Rosen, jetzt habe ich ja was ich wollte.

Siehste, hilf meinen Rosenschwestern, dann kann ich getrost verblühen....

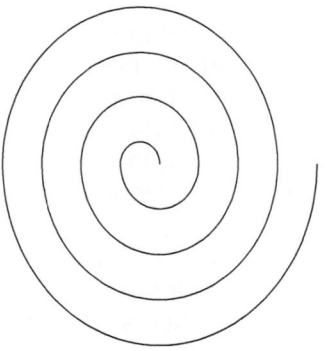

Was wäre, wenn ich...

...ein Luftballon wäre?

...da lagen wir nun in unserer Verkaufstüte, ein gelber, ein roter und ein grüner Luftballon und wir konnten uns noch so anstrengen, aufblasen ging nicht!

Wir waren wohl die einzigen Gegenstände, die sich nicht selber aufblasen konnten, obwohl doch eigentlich unser Lebenszweck war, uns aufzublasen.

Wir hörten so von hintenherum, dass es viele Menschen gibt, die für das eigene Aufblasen ein regelrechtes Talent entwickelt haben, aber an diese Tricks bin ich Zeit meines Lebens nicht rangekommen.

Nun denn, die Verkaufstüte war nicht so ein schönes Leben wie vielleicht manche meinen könnten. Die meisten von uns lagen eben total wie die Schlaffis in der Tüte rum und mußten mit ansehen, wie die anderen Teile in den Regalen, wie Würfel, und Puppen und Holzteile so stramm und straff da lagen und eben nicht ein solches Problem mit sich herumtrugen, wie wir.

Natürlich waren alle von uns schlaff; ich konnte dies nur nicht so genau erkennen, denn ständig hatte ich so andere Kollegen und -innen vor meiner Nase, die mir die Sicht versperrten.

Als es Herbst wurde, und wir plötzliches Leben und Treiben im Laden verspürten, ja, da fühlten wir Frühlingssturm, und das kurz vorm Winter.

Es war die Zeit der Straßenfeste, des Jubels, des Ausgelassenseins und der Fröhlichkeit und wir wurden aus dem Regal genommen und kamen in eine wirklich illustre Gesellschaft.

Ich wurde als Erster aus meiner Tüte befreit und sogleich entstand aus mir ein völlig anderer Kerl. Das kleine Mädchen, welches sich an mir versuchte, knabberte ein wenig an meinem Lufteinlaßnippel herum (so heißt meine Tülle zum Aufblasen) und bekam einen riesigen roten Kopf vom Luftholen und bekam einen noch riesigeren roten Kopf, als sie die erste Füllung Luft in mich hineinblies.

Dabei mußte sie mich so schön festhalten zwischen ihren Lippen und Zähnen, weil ich ihr sonst davongeflogen wäre.

Ja, und der zweite und dritte und bis zu fünfzehnte Blasestoß, brachte mich auf eine solche Größe, dass ich vor Stolz fast hätte platzen können. Das wollte ich natürlich nicht und so hielt ich mich zusammen, so gut ich es nur konnte.

Die Kleine schubberte an mir herum, mit ihren Patschhändchen und ich war froh, dass sie keine spitzen Fingernägel hatte, denn die wären für mich der frühe Tod gewesen.

Beim Schubbern konnte ich so schöne laute

Geräusche von mir geben, so ein Knaddern und Knubbsen, dass sich die Leute um mich herum die Ohren zuhielten. Das machte mir total Spaß und ebenso fühlte ich mich pudelwohl in meiner Gummihaut.

Ich hatte auch noch eine Menge Kraft, die Luft anzuhalten, denn wie ihr euch vorstellen könnt, mußte ich ja auch atmen, nur, das ich mir beim Ein und Ausatmen eine Menge Zeit lassen konnte, versteht ihr?

Verknotet wurde ich zu Anfang nicht.

Verknoten heißt, meinen Lufteinlaßnippel so zu verdrehen, das da ein Knoten hineinkommt, der die Luft zurückhalten soll.

Ja, dabei konnte ich eigentlich ja auch nicht mehr so richtig atmen, also wenn ich verknotet wurde, also freute ich mich ob meiner Größe und wollte fast lachen, als die Kleine mich losließ, mich plötzlich einfach nicht mehr festhalten konnte.

Was glaubt ihr, was geschah?

Ich, von den kleinen Händen befreit, sauste wie ein Wirbel durch den ganzen Raum und ward eine zeitlang wie ein Derwisch, links und rechts und kreuz und lang und mit lautem, bröselndem Getöse durch die Luft getragen.

Ich landete genau unter dem Tisch...

...und was erzähle ich, es bückte sich zunächst niemand nach mir und ich dachte schon... das war's also, Dein Leben, vor Dir ausgebreitet und wenig berauschend.

Aber nein!

Ich wäre ja kein roter Luftballon, wenn sich meine wirklich schöne, karminrote Farbe nicht auf die Augen meiner Bewunderer und -innen ausgewirkt hätte.

So sah mich ein kleiner Junge und griff mich und, jetzt schon leichter und blus, nein, bluste, wieder falsch, blies mir wieder Luft in meinen Körper. Ja, wunderschön, als ich wieder so groß und fest wurde, richtig zum Schreien schön.

Jetzt knotete er einen Knoten in meinen schon beschriebenen Lufteinlaßnippel. Das machte mich schon etwas kurzatmig, aber ich hatte ja aus meiner Genkette (ihr wisst ja hoffentlich was das ist, oder?) mitbekommen, dass dies einer meiner unabänderlichen Schicksalsschläge ist.
Also ich nichts wie ran an meinen Knoten und voll die Luft angehalten.

Der Junge nahm mich zwischen seine Beine und knaatschte und knautschte an mir rum und rum, so ein blöder Bengel.

Wusste der denn nicht, was passieren kann?

In Sekundenschnelle, aber wirklich Zehntel-Sekundenschnelle entlud sich mein Inhalt mit einem ohrenbetäubenden Knall und das hatte ich noch mitbekommen, dass dieser saudumme Kerl mich mit einem kurzen spitzen Fingernagel Hieb eingeritzt hatte, also mit einem ohrenbetäubenden Knall knallte ich aus meinem Leben...

Welch ein Abgang!

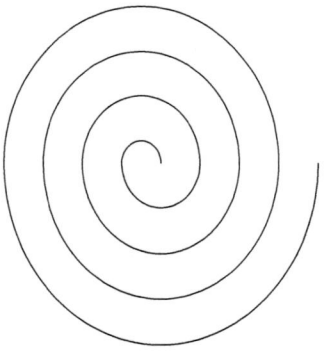

Was wäre, wenn ich...

...eine Türklingel wäre?

...da habe ich schon meinen Stolz!

Als letzte Nacht so ein Dauerklingler an mir rummachte (rumtat) und mir versuchte die Nase einzudrücken, habe ich den einfach ignoriert und meine Schelle ausgestellt, ja, das kann ich.

Nur wenn so zarte Fingerchen an mir entlang streicheln, so zaghaft versuchen meine Gefühle zu kitzeln, dann kann ich nicht anders und muss einfach loslegen.

Ich klingle dann wie verrückt, aber immer im richtigen Ton und dann niemals so aufdringlich laut, so dass vielleicht jemand noch in seinen Träumen gestört wird.

Letztens war doch so einer, der wollte mit mir Musik machen. Ta ta, ta ta, tatata... hat er etwas nervös, wie die Leute heute nun einmal sind, auf mir rumgetickert oder getackert, na, ich weiß auch nicht mehr so genau, so habe ich mich geärgert.

Was der sich wohl einbildete, dieser Schnösel!

Ich habe erst einmal mitgemacht und wollte damit beweisen, dass ich ja eigentlich gar kein so

schlechter Kerl bin, als Türklingel, (mir zum Trotz bin ich Mann, obwohl ich DIE Türklingel heiße) aber als er gar nicht aufhörte mit seinem Tickern, da habe ich mich verklemmt.
Ja, ich habe einfach meinen Knopf genommen und ihn zwischen die Knopf Kanal Schacht Wände verkantet.

So, dass hatte er nun davon.

Allerdings war dabei mein Kontakt zur Stromleitung soweit hergestellt, dass ich ein Dauerklingler wurde. Daran konnte ich nichts machen, weil ja der Strom auch mal durch fließen wollte wie verrückt. Meine Güte, war das ein Leben für den Strom! Der jubelte und jubelte und konnte sich überhaupt nicht wieder einkriegen. Das habe ich ihm ja auch gegönnt, wißt ihr.

Als nun die Frau des Hauses so herunterkam und wie wüst anfing zu schimpfen, also wollte wie wüst schimpfen, da sah sie den Tickerer, der lächelte ganz verschmitzt und nahm sie in die Arme und dann knutschten die zwei Beiden so ungehalten und öffentlich, als ob sie sich schon jahrelang nicht mehr gesehen hatten.

Ja, und mich hatte sie darüber fast vergessen, aber ich klingelte und klingelte (also glockte mehr) und dann prökelte die Hausfrau an mir rum mit einer Haarnadel.

Das war auch etwas kitzelig, aber sie hatte das gut drauf, dies prökeln und schon hatte sie meine Verklemmung gelöst.

Was wäre, wenn ich...

...eine Couch wäre?

...wenn ich eine Couch wäre, dann gäbe es für euch nur frohe Stunden auf mir, das könnte ich euch versprechen.

Ich als Couch verspreche Euch, nicht zu quietschen und zu wackeln, zumindestens, wenn das in meinen Kräften steht.

Meine Weichheit und meine Beständigkeit stehen euch voll zur Verfügung,. Was ich allerdings nicht mag, ist, wenn ihr euch auf mir rumsuhlt, wie so Ferkelchen, z.b., Erdnüsse auf mir rumknackt und die Schalen in meine Ritzen rollen.

Also ich bin tatsächlich ein guter Begleiter für eure Lustigkeiten, aber...
...Flüssigkeiten, Klebrigkeiten, Dreckigkeiten und Schmuddelsuhlen, Nasenpuhlen, aber ihr wißt ja selber am Besten, was ihr so macht, und nicht mögt, das mag ich eben auch nicht, könnt ihr euch das vorstellen?

Und ich sag auch immer wieder, auch wenn ihr dies nicht so mitbekommt, man muß auch "jönne könne"

Was ich schon alles verdauen mußte, davon kann ich voll die Lieder singen. Stellt euch mal vor, als Egon die Verhüterlis aus der Tasche fielen und genau in meine intimste Stelle rutschten.

Was sollte ich damit wohl anfangen?

Als es nun Zeit wurde auch ein wenig so in die weiteren Turteleien einzusteigen, war er natürlich total sauer, daß da irgendwas nicht so lief, wie er es geplant hatte.

Ja, Leute, und als er dann entnervt, wie er war, nach stundenlangem hin- und herfummeln schlußendlich sich bis in meine Couchfalten vorgearbeitet hatte und seine Augen leuchteten, da war scheinbar seine Stimmung auf einem Nullpunkt angelangt.

Und wer hatte wohl die Schuld?

Natürlich ich, die "blöde, saudumme Couch!"

Ich war vielleicht beleidigt!

Nächstes Mal, habe ich geschworen, lasse ich aber die Dinger ganz verschwinden und dann soll er sehen, wo er bleibt, dieses Karnuffel....

Was wäre, wenn ich...

...ein Bettbezug wäre?

Ja, was wäre?

Könnte es sein, das, wenn ich jetzt anfange, aus meinem Leben zu plaudern, ihr ganz schön ins Schwitzen kommt, von wegen irgend welchen ganz persönlichen Geheimnissen?

Nein, ich werde mich wirklich zurückhalten. Also mir ist sowieso der Kleinkram viel zu spiddelig zu erzählen.

Dieses ganze rumgesülze im Bett, diese langen langweiligen Nächte ohne das da was los ist.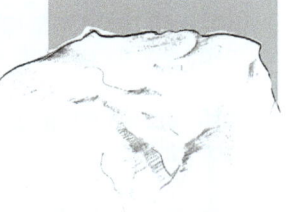
Und dann irgendwann die volle Action.
Nein, ich muss das nicht haben, denn mir wird nur mein ganzes Outfit
versaut. Ständig fummelt irgendeiner oder irgendeine an mir rum. Knutscht mich oder knautscht mich und denkt dabei an ganz jemand anderes, als an mich.

Leute, ich sage euch, so wie ich mich für euch hinlege und einsetze, tut das keiner.

Ich stehe zwar nicht alleine da mit meinem Schicksal, aber z.B., das Bettlaken ist ja heute oftmals mit einem Gummizug liiert, so dass die beiden sich immer gegenseitig strammziehen.

Bei mir ist das ganz was anderes!

Ich hätte gerne mal so ein Gefühl, das mich irgend etwas schön glatt in der Gegend herum liegen lässt, aber das muss ich mir wohl abschminken in meinem Leben.

Manche, denen ich eine Nacht gönnte mit mir... die haben mir tatsächlich am nächsten Morgen das Fell glattgezogen, aber manch andere waren da auch ziemlich schlurig.

Ja, aufstehen und weggehen, das bleibt mein Schicksal. Verknautscht liege ich da, den ganzen Tag, weil mich alle ignorieren und ich bin doch auch gerne etwas glatter.

Dafür erzähl ich jetzt doch was ganz Intimes, so, da habt ihr´s.

Also, letzte Nacht, da hab ich vielleicht was erlebt.

Es ging schon los, als meine Nachtbesucherin mit einer Flasche ans Bett kam und mittels eines Drehversuchs am Korken der Flasche, den Verschluss öffnete und vieles von dieser zuckrigen Soße auf mein geheiligtes Äußeres plätscherte. Ihr glaubt gar nicht, wie ich mich gefühlt habe. Nass und klebrig wie ein Scheuerlappen.

Dies setzte sich nun so auf mich rauf, das mir fast

die Puste ausging. Eigentlich kann ich das ja ab, aber manchmal sage ich mir, was zu viel ist, ist zu viel.

Anstatt sich nun unter mich zu legen, wie es üblich ist, legte sie sich auf mich rauf und mit ihrem ganzen zarten Körpergewicht.

Schneuzpotz, dies und das noch mal, so eine Nudel, die sich nicht benehmen kann.
Nein, eine Dame konnte sie nicht sein.

Und was sag ich, nein, wie auch immer, dieser Zustand war keinesfalls erotisch, oder so. Da habe ich wirklich schon bessere Zeiten erlebt.

Nun, weshalb dieses Menschenkind, welches mir persönlich noch nicht vorgestellt wurde, nun so ein Benimm in die Nacht legte, war mir nicht klar.

Aber nachdem sie nun den Inhalt der Flasche, übrigens ein 49er Cardamom extra dry, fast zu einem dreiviertel geleert hatte, seufzte sie in meinen Bettpartner, das Kopfkissen, nebst Kopfkissenbezug und fing an, fürchterlich zu heulen.

Ja mei, da kann ich doch als einfacher Bettbezug nicht danebenliegen und keine Gefühle haben, oder?

Ich mir nichts , dir nichts und so gut es ging mich gestreckt und gereckt und mich zu ihrem Gesichtchen aufgemacht und habe einen Teil ihrer heißen Tränen noch in mich aufgenommen.

Was da wohl los war?

Schuld hatte wahrscheinlich so ein Typ wie der Klingler, was mir die Klingel geflüstert hatte, als wir mal alleine waren! Dieser Klingler hat wohl wieder zugeschlagen, dieser Lump! (siehe ...wenn ich eine Türklingel wäre...)

Ja, diese armen Menschen mit ihren komischen Problemen. Zum einen Teil kann ich da ja gar nicht mitreden, so ohne eigenes Liebesleben, aber, was zu tun ist, wenn was zu tun ist, da bin ich immer dabei.

Ich helfe wo ich kann mit meiner zarten Oberschicht, auch wenn es mal ganz hart kommt, kann ich nicht innerlich an mir vorbei und nun gar nichts tun.

Wenn ich dann Morgens aufgeschüttelt und aufgerüttelt werde, dann weiß ich, daß es wieder einmal geklappt hat mit meiner Für sorge in der Nacht.

Wenn ihr aber noch mehr Details wissen wollt, was denn so alles passiert ist, in meinem Leben, dann fragt euch doch mal selber... ich schweige gerne, wie eben ein richtig erzogener Bettbezug schweigt...

gell?

Was wäre, wenn ich...

...eine Armbanduhr wäre?

Ihr solltet mal sehn, wie ich die Leute antreiben kann.

Bei jeder kleinsten Gelegenheit treibe ich mein Spiel mit den Leuten, aber es ist zur Zeit eigentlich immer nur einer, der mich ständig beobachtet, wie ich weitergehe oder laufe, wie ihr wollt.

Ich stehle mich, so wie ich kann durch die Zeit.

Mein Metier ist eben eines der philosophisch am meisten gefürchtesten Dinge der Welt, mein Metier ist die Zeit.

Auch wenn ihr es nicht glaubt, sollte ich mal stehen bleiben, so schimpft zwar mein Besitzer ständig mit mir rum, aber die Zeit bleibt eben dadurch nicht stehen, die läuft weiter.

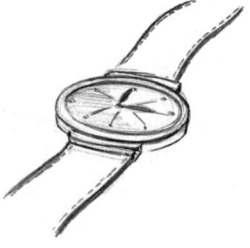

Ja, da gibt es auch bei mir, wie bei vielen anderen eine große Schar an Brüdern und Schwestern, die, sollte ich mal ausfallen, für mich einspringen. Ja, ihr lieben Leser-innen, während ihr dieses hier lest ist schon wieder einmal ein Haufen eurer kostbarsten aller Güter verstrichen und Dank meiner Tätigkeit habt ihr die Möglichkeit zu sehen, wie viel davon.

Jetzt genau ist es 15.00 Uhr, aber, ein ganz schlauer Kopf hat mal festgestellt, dass dies ganz relativ ist. Demnach kann ich euch sagen, dass ich einen relativen Sinn habe, was mich wiederum sehr interessant macht.

Also sage ich euch etwas Relatives, und wer kann das schon von sich behaupten, dies zu können.

"Leute, Leute, hört mich sagen...", war einer meiner berühmten Träger mit dem Namen Nachtwächter. Dieser Name hat sich bis heute erhalten, denn es gibt immer noch Leute, die man "Nachtwächter" nennt.

Diese sind dann allerdings recht böse!

Wegen mir?

Nee, nicht wegen mir direkt, habe ich herausgefunden, denn diese Menschen haben mich einfach vergessen, also mich nicht anständig angesehen und das wird ihnen gleich sofort von anderen heimgezahlt.
Komisches Umdrehen der Nachtwächtertätigkeit finde ich schon, nicht wahr?

Die sagen dann "Du alter Nachtwächter!"
Hat das auch schon mal einer zu Dir gesagt?

Nehme ich mal an, ich bin ein moderner Chronometer. Das ist ein altes Wort für einen Verwandten von mir. Ich bin mehr ein Chronometerchen, was ja auch schon was ist. Es soll ja auch Chronometer geben, die tausendmal und noch was größer sind als ich und auch nichts anderes tun, als ich, nämlich die Zeit anzeigen und das genauso relativ, wie ich, aber superatomgenau.

Ja, also ich bin modern und habe eine Batterie in mir und einen Motor, der alle Sekunde einmal zum Zucken angeregt wird. So ein Motor hat schon allerhand zu tun und das für die Relativität.

So eine Verschwendung!

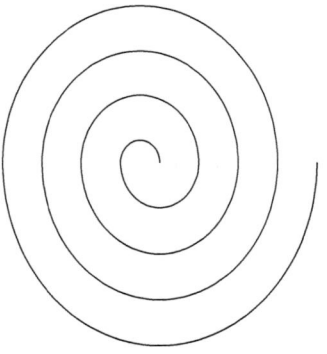

Was wäre, wenn ich...

...ein Mann im Bild wäre?

...ich sehe was, was Du nicht siehst, sage ich zu Dir.

Ich sehe sogar in der Dunkelheit, wie sich alles um mich herum so durch die Gegend schleicht. Nachts der kleine Junge, der zum Kühlschrank läuft, wegen der Schokolade, ebenso der junge Mann, der durch den Flur huscht, wegen der netten Freundin, ebenso, der Herr des Hauses, der in das Raucherzimmer eilt, wegen der frischen Zigarre, oder die Katze, die so eben mal um die Ecke wuschelt, wegen der piepsenden Maus im Nebenraum..., ja, das sehe ich alles, während Du...

...schläfst in Deinem Lotterbett.

Ich bin der Mann im Bild, (eben immer voll "im Bilde") gebildet und herrschaftlich stehe ich hier und beobachte um mich herum und lerne und lerne, denn dazu habe ich eine Unmenge Zeit. Für meinen Unterhalt brauche ich direkt auch nicht zu sorgen, denn ich bin pflegeleicht, benötige keine aufwendigen Parfüme oder Öle, ich brauche nur ein wenig Trockenheit und mal ein bißchen Zuwendung, eine

Streicheleinheit mit dem weichen Tuch über meine Flachheit.

Flach, ja flach stehe ich dort, was aber keineswegs bedeutet, das ich Stroh im Kopf habe oder wie Du meinst. Ich bin der Mann im Bild und eben immer im Bilde, und werde dies über Deine Zeit auch bleiben, wenn, ja wenn Du mich, oder auch Deine Nachfolger, mich leiden können.
Da kommen mir allerdings dauerhaft so meine Zweifel.
Man hört ja soviel über wirtschaftliche Notzonen, Situationen, wo der Herr des Hauses nicht mehr genügend Geld heran schaffen kann und dann, habe ich das Gefühl, wird es aus sein mit meiner Herrlichkeit. Ich habe mich schon so an meinen Standort gewöhnt, daß es mir schwerfallen würde diesen jetzt zu verlassen.

Und wer weiß genau, was man wieder bekommt in diesen schlechten Zeiten.

Viele von uns Bilderbuchmännern haben ja richtige Karriere gemacht, aber ich will das gar nicht, weißt Du. Mir gefällt meine Ruhe, daß ich meine Beobachtungen machen kann und daraus eben lernen...

Ich betrachte Dich ebenso gerne, wie die kleine Suse, Deine Schwester.

Du hast aber schon etwas mehr Reife. Für mich wärst Du gerade die Richtige. Glaube mir, das weiß ich von der Rose, die Du letztens vor mir in eine Vase gestellt hast, glaube mir, Du wärest für mich die Frau fürs Leben.

Als Du Deinen Geburtstag gefeiert hast, also den, ...welcher war denn das gleich noch, ach ist ja auch egal für das was ich sagen will..., also Deinen Geburtstag, da war ich so glücklich alle die vielen Leute zu sehen, die um Dich rumscharwenzelt sind.

Wenn die wüßten, diese jungen Männer, wie ich Dich schon gesehen habe, aber hallo, darüber werde ich kein Wort mehr verlieren.

Also ich frage Dich jetzt allen Ernstes, willst Du meine Frau werden? Ich werde Dich auf Händen tragen, Dir jeden Wunsch von den Augen ablesen und Dich in den siebten Himmel bringen, oder magst Du mich nicht?

Also bitte, bitte überlege es Dir noch einmal. Ich werde Dich wahrscheinlich nicht ein zweites Mal fragen...,

Du meine Schöne...

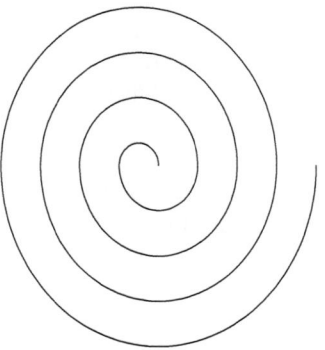

Was wäre, wenn ich...

...eine Ameise wäre?

...kribbelig, krabbelig, kitzelig, itzelig, also, was Du willst!

Ich krauchele in meinem Nest herum und bin so mopsfidel wie eine Ameise eben mopsfidel sein kann.

Sechzigtausend mopsfidele Ameisen und ich eine von denen, die über sich erzählen dürfen. Totale Verrücktheit, dies!

Als Du in mein Leben tratst, also buchstäblich getreten gekommen bist, da war ich noch eine ganz normale Ameise. Normal in dem Sinne, daß ich nicht eitel wurde, ob meiner Besonderheit, sondern fleißig und ohne Klagen meinen Dienst im Ameisenhaufen getan habe. Nun, bis...., ja, bis ich Dir in den Ärmel geklettert bin.

In Deinen offenen Toreinfahrtsärmel auf Deiner linken Seite, Deiner Herzseite.

Du hast das gar nicht bemerkt, weil ich ja nicht an Deiner schönen warmen, weichen Haut, sondern an Deinem schönen weichen Ärmel hochgeklettert bin bis in Deine Armbeuge, ja, genau, bis in die Armbeuge.

Ich habe mich dort ganz ruhig verhalten, ganz ruhig und ohne viel Aufsehen habe ich mich dort verhalten, denn ich wollte es jetzt ganz genau

wissen, was da so passiert, ja, ganz genau wollte ich es wissen und es meinen Ameisen erzählen, wenn ich wieder dorthin zurückkomme zu meinem Ameisenhaufen.
Ich wußte nicht, wie schwierig dies werden würde, aber was wußte ich schon von der Welt?

Als Ameise hat man kaum eine Auswahl, wie ihr z.B. nach Honululu zu fliegen und dort mal die fremden Ameisenvölker besuchen, oder die Brüder und Schwestern in Nordamerika.
Ja, das waren schon Wünsche, die mit dem Fliegen.
Immer hatte ich die großen Flugzeuge gesehen, die dort am Himmel entlanghuschten. Ja, ich als Ameise hatte mit meinem scharfen Ameisenblick diese Flugzeuge gesehen und hatte davon geträumt, mal in einer solchen Maschine durch die Welt zu reisen, so schön im Sessel sitzend, eine wenig Fernsehen gucken und dann sich von der Stewardess einen Sekt einschenken lassen, das wäre was.

Aber ich saß ja in Deinem Ärmel und hatte nichts mehr im Sinn, als erst einmal Dich kennenzulernen.

Wie Du lebst, was Du tust, wie Du Dich in Deiner Welt zurechtfindest und eben auch mal davon zu erzählen, was wir beide für unterschiedliche Meinungen von der Welt haben, dem Leben im Speziellen und im Allgemeinen.

Du glaubst gar nicht, was Du alles von mir lernen

kannst, genauso wie ich von Dir!

Ja, ich in Deiner Armbeuge und ich habe Dich nur mal ganz eben an Deiner Haut berührt, Dich gekitzelt, aber noch nicht einmal schlimm. Ich bin an Dich herangekommen und Du hast einen fürchterlichen Schreck bekommen.

Was hast Du an Dir herumgezottelt, als wenn Dich ein Wildschwein gestochen hätte, dabei habe ich doch nur in meiner Aufregung ein wenig von dem Saft verspritzt, der dann von mir fast ungewollt zur Abwehr von Feinden benutzt wird.

Aber Du bist doch nicht mein Feind!!

Und als ich dann von Dir geschüttelt und geschüttelt wurde, und dann mich nicht mehr festhalten konnte, an Deinem Arm und Deinem glatten, weichen Ärmelstoff, da bin ich doch aus Dir herausgepurzelt und fiel, eben fast wie geflogen (mein Traum vom Fliegen) aus Dir heraus in meinen Ameisenhaufen zurück...

Ich habe noch gerufen und gewunken, ich habe Dir noch mit meinem Taschentuch Zeichen geben wollen, aber Du hast Dich fast in Panik von meinen Zuhause entfernt und ich habe Dich in meinem Leben niemals wieder gesehen...

Schade, wirklich schade...

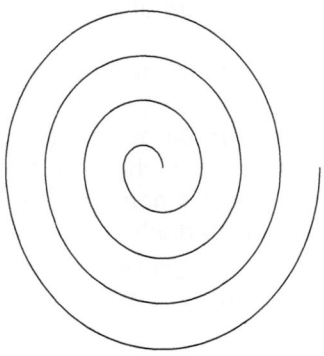

Ja, was wäre, wenn ich...

...nun ist es vorbei mit dieser Frage. Ich habe jetzt
einige meiner Gedanken auf geschrieben.
Gedanken, die sich mit den alltäglichen Dingen des
Lebens beschäftigen. Manchmal habe ich versucht,
ein bisschen Witz oder auch Ironie zu verarbeiten,
manchmal habe ich selber über einen Einfall
geschmunzelt...

Diese kleinen Geschichten werde ich fortsetzen, weil
es mir wirklich Spaß macht, über solche alltäglichen
Sachen Worte zu "verlieren".
Vielleicht treffen wir uns ja wieder, als LeserIn oder
als ein Ding in einem späteren Leben oder zu
unseren menschlichen Lebzeiten in echt, also
lebend?
Wirklich, ist lebend nur "menschlich / tierisch" oder
ist lebend auch das "Ding" das "Teil" oder auch ein
Tierteil oder ein Haar eines "lebenden"
Individuums? Ich wage nicht diese Frage zu
beantworten, weil es etwas "abwegig" klingt, einen
Felsen als "lebendig" zu bezeichnen.

Diese Antwort könnt ihr euch ja selber geben...

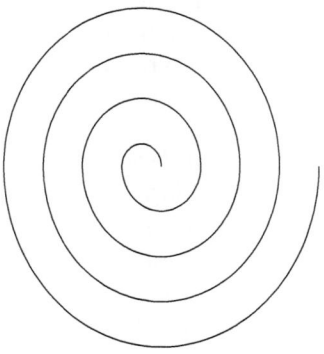

Ja, ich stehe zu meiner
Un-voll-
kommen-heit,
Du auch zu Deiner?

TE

Wer ist TREBRON EKAAS?

TREBRON EKAAS ist als Name erst einmal ein
Pseudonym. Sein richtiger Name wird hier nicht
verraten , denn alle, die ihn mal kennen lernen,
werden schnell herausfinden, wie TE nun wirklich
heißt.

Geboren wurde TE in Weener/Ostfriesland an der
Ems, wo er aber nur auf der Durchreise war. TE lebt
in Bremen und ist kein professioneller Dichter oder
Geschichtenschreiber, sondern ein Mensch wie Du
und Ich. Sein Geburtstag ist der 6.9.1944 im Zeichen
der Jungfrau. Was Ihr sonst noch über TE wissen
wollt, das könnt Ihr ihn ja mal selber fragen, wenn
Ihr ihn trefft, klar...?

...oder ihr seht mal am Ende des Buches nach...!

Teil II

Trebron Ekaas

Was wäre, wenn...

Erzählungen
TEIL II

zeitlose Gedankenspiele

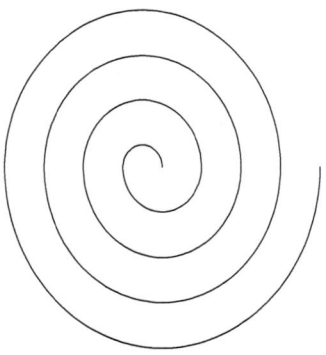

Nach dem ersten Band...

...folgt der zweite...

UND WER A SAGT MUSS AUCH B SAGEN.

Nun, etwas Zeit ist vergangen, und ich muss ehrlich sagen, nach dem ersten Band meiner ausgedachten Erzählungen über die kleinen Dinge der Welt habe ich etwas Pause gemacht, nicht Pause im Denken, nein, Pause im Schreiben, denn dass muss ja auch mal sein...

Ich habe immer noch die Idee, dass ich auch etwas anderes sein könnte als ein Mensch. Vielleicht ein Stein, oder ein Blusenknopf oder auch ein ganzes Rind, oder ein Teil daraus. Das ich manchmal ein Rindvieh bin, dass sagt mir mein Kreis Freunde schon ganz deutlich aber ohne den richtigen Ernst in den Augen. Allerdings die Möglichkeit, etwas anderes zu sein, wird mir ständig mit neuen wissenschaftlichen Erkenntnissen vor Augen geführt.

Gerade "heute" werden als die kleinsten Dinge noch die Atome genannt, die nicht "spaltbar" sind, aber "morgen" sind es schon die gespaltenen Atomteilchen, die nicht zu spalten sind, z.B. die Quarks oder wie diese Dinge auch immer heißen mögen, aber morgen, ja morgen heißen die gespaltenen Quarks bereits so unvorstellbar klein, dass ich ihren Namen vergessen habe. Wie hießen denn gleich noch die kleinen aller kleinsten Teilchen!!!?? Und aus allen diesen Teilchen ist die für uns so große Welt zusammengesetzt einschließlich aller der für uns so unfaßbaren großen Größe des Weltalls mit so Stichworten, wie Lichtjahre oder Sonnensysteme, die Millionen mal größer sind als unsere schon für uns unfaßbar riesige Sonne.

Wenn ich nun "etwas werden könnte", dann sind es mehr die kleinen, vielleicht alltäglichen oder auch lustigen Sachen, zu denen ich mich hingezogen fühle. Ja wirklich bin ich nicht der Meinung, ich würde mir wünschen, etwas Großes zu sein, wie z.B. ein Elefant oder gar die Rocky Mountains, oder der Weyerberg in Worpswede, könnt Ihr Euch das vorstellen?

Und dazwischen stehe ich mit meinen kleinen Geschichten, so aus meiner Welt gegriffen und ohne Anspruch auf den Platz in der Weltliteratur. Den können sich andere holen, ich gönne es Ihnen von ganzem Herzen...

Was wäre, wenn ich...

...eine Gummiente wäre...

Quiietsch, quiieetschsch, platsch, ja so eine
Gummiente führt ein Leben voller gedrückter und
geknuddelter Momente. Stelle ich mir mal vor, ich
als Gummiente wäre so eine Badewannenente.

Zunächst einmal haben Badewannenenten einen
richtig schönen langen Namen. Gelb, mit rotem
Schnabel, eben wie mir der Schnabel geformt
wurde, als ich aus der Badewannenenten-Gummi-
Form-Form
herausgeformt
wurde. Ja, ich
wusste schon vor
meiner Entstehung,
wie ich aussehe,
denn ich hatte eine
schöne Form-Form,
wohlgestaltet und
quietschfideel, yeah!
Diesen Ausruf habe
ich von meiner amerikanischen
Badewannenzimmerexportenten-Schwester, die mir
mal einen Brief geschrieben hat, leider in Englisch,
aus dem ich nur die Überschrift richtig verstanden
hatte und diesen Ausruf, yeah.

Na gut, macht ja nichts! Es kann ja nicht jeder
gebildet sein, obwohl, dumm sind wir nicht, auch
wenn wir nur quietschen! Da gibt es ganz andere,
die ihren Schnabel aufmachen und nichts als

blödsinniges Zeug von sich geben.
Woher ich das weiß, fragst Du?

Na, was glaubst Du wohl, was ich im Badezimmer
so alles mitbekomme. Selbstgespräche, das
Schimpfen mit dem Chef, oder die Gespräche und
besonders die Blicke vor dem großen
Badezimmerspiegel meines großen Herren.

Badewannenenten haben eines ihren ganzen
anderen Enten voraus, nämlich sie werden ständig
frisch gewaschen und abgespült und können sich
somit als die saubersten Enten unter den
Gummienten fühlen. Dennoch, auch dass blöde
Seifenwasser, wenn ich dann als Badewannenente
in den Schaumbergen herumschwimme, so fühle
ich mich auch nicht so ganz glücklich, denn nach
jedem solchen Bad muss ich mir wohl 2 Stunden
die Augen reiben von der Seife in meinen Augen.

Dies ist nicht so schön!

Aber was soll´s Badezimmerenten haben es auch
immer schön warm, denn im Badezimmer halten
sich die Menschen am liebsten auf, a) weil es so
schön warm ist und b), weil sie sich hier immer so
schön machen können für die feine Gesellschaft.

Glaubt ihr vielleicht, die Menschen machen sich nur
schön, weil sie selber gerne schön aussehen
wollen? Nein, ich weiß das besser, denn ich als
Badezimmerente bekomme alles mit, was sich so
im Badezimmer abspielt. Auch wenn die Leute das
nicht so wahrhaben wollen oder nicht darüber
nachdenken. Ich bin die Ente, der man ruhig

glauben schenken darf, ganz anders als meiner
Gevatterin, der Zeitungsente, jawoll!

Was sage ich Euch, als ich von dem Söhnchen
letztes Mal nicht mit Luft, sondern mit Wasser gefüllt
wurde, da konnte ich mit Wasser um mich spritzen,
wie ein Walfisch. Stell` Dir mal vor, als der Kleine
aus dem Badezimmerwannenschaum heraus mir
den Bauch komplett eindrückte, da schoss aus mir
ein Blitzstrahl von Wasserfontaine heraus und direkt
in Mamas Gesicht!

Freude über Freude beim Nassmachen und ein
Jubeln, juchzen und schluchzen von Mama, vor
allen Dingen als sie merkte, dass ihr ganzes gerade
aufgelegtes Rouge und die schöne Schminke so
schnell verlief und alles auf die frische Bluse
platschte, rot und gelb, was für eine Freude mit
diesem lieben Kind und mit mir.

Ja eine Badezimmerwannenquietscheente, große
Sache, das...

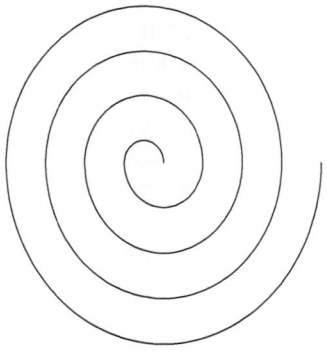

Was wäre, wenn ich...

...ein Kaugummi wäre...?

Ich sehe schon Dein Gesicht!

Kaugummi, was "Schlechteres" hätte mir nicht
einfallen können! Alles , wahrlich alles wäre zu
akzeptieren, aber Kaugummi?? Muss denn das sein?
Ich glaube ich lese nicht weiter! Aber ich nehme es
doch in den Mund, und ist mein Mund denn etwas
igittigitt??

Aber, aber, sage ich Dir dann! Was kann ich denn
dafür? Ich habe mich doch nicht zu einem
Kaugummi gemacht, oder?

Natürlich, wirst Du sagen, "aber musst Du denn
ausgerechnet von einer solchen klebrigen Masse
schreiben", die sich im Mund zwischen den Zähnen
so um und um dreht und gekaut wird, bis sie knallt,
diese Masse. Und erst dies gekaatsche, wenn sich
dieses glubbrig glaabbrigge Zeugs, als welches ich
ja nun einmal auf die Welt gekommen bin in
meinem Mund wohl fühlt., denn als Kaugummi
fühle ich mich nun eben einmal im Mund am
wohlsten. Nicht in der Packung oder wenn ich
ausgekaatscht bin, wie Du das so von Dir gibst,
nein, im Mund so richtig von vorne bis hinten
durchgewalkt und alle meine Atome in eine andere
Richtung gebracht, dass ist ein Leben voller
Erfüllung und Freude für mich, jaaahh!

Was glaubst Du wohl, ob ein Kaugummi eine Seele
hat?

Ich sage Dir, weil ich das ja beurteilen kann, Kaugummis sind eine Seele und eine Masse und eine Weichheit in einem, jawoll, in einem Stück. Du wirst es dann merken, wenn Du mich in Deine Finger nimmst (meistens Dein Zeigefinger und der Daumen) und mich so unglaublich flexibel in die Länge ziehst!

In den Momente, wo ich so auseinander gezogen werde, bündele ich alle meine Kräfte und halte zusammen, was das Zeug hält. Du kannst noch so ziehen und noch so ziehen und Dich anstrengen, wie Du willst, meine Seele und meine Atome und meine KlabbelKlebemasse die hält zusammen! Dies ist eben ganz anders, als Du es von den Menschen gewohnt bist, verstehst Du!

Sollte es Dir gelingen, mich dennoch zu trennen von meinem Kaugummi-Körper, so sage ich Dir: Meine Einzelteile werden an Dir kleben bleiben, solange Du mich nicht wieder zusammengekaut hast, und Du wirst es schwer haben, unbeschadet von meiner klebrigen Masse davonzukommen!

Nun gibt es auch Leute, die unserem Ruf als Kaugummi fürchterlich schaden. Eigentlich sind wir ganz verträgliche Zeitgenossen. Wenn wir aus unserer Verpackung entfernt werden (meistens sind wir in einem silbrig glänzenden Umhang gehüllt, der noch von einem Papiermantel geschützt wird, und dies im Sommer wie im Winter) und eben entsprechend genutzt werden, dann ist irgendwann unsere "Kauzeit" zu Ende und wir werden "beerdigt". Ja, und was glaubst Du, wie manche mit uns umgehen!

Die einen wickeln uns vorsichtig in unsere alte Verpackung zurück, (auch wohl aus Vorsicht, dass wir vielleicht in unserem weiteren Leben frieren könnten, wo wir doch so gute Dienste geleistet haben), aber die anderen die spucken uns einfach in die Gegend, auch ohne uns noch eines Blickes zu würdigen. So gibt es ganze Straßenzeilen mit den "Leichen" alter, lieber Kaugummi-Kollegen und Kolleginnen, die uns allen einen großen Schauer von Unverständnis durch unseren Kaugummi-Körper jagen.

Und damit wird unser Ruf gnadenlos und unerbittlich in der ganzen Welt ruiniert, verstehst Du!

Ja, was soll ich noch sagen, ich wünsche keinem Menschen, dass er so einfach nach Gebrauch ausgespuckt wird! Leider weiß ich auch nicht, welches Schicksal mir blüht, denn ich bin zur Zeit noch in meiner Verpackung.

Hoffentlich werde ich nicht so hart und unkaubar und ausgetrocknet, dass mich keiner mehr haben will. Dann fühle ich mich wie so eine alte Jungfer, die keinen abgekriegt hat! Das will ich auch nicht!

Du fragst sicher, woher ich dass alles weiß, ich, Dein dummes Kaugummi in Deiner Tasche, nicht wahr?

Ja, ich kann Dir sagen, dass ich seit meiner Geburt in der Kaugummi-Maschine einen großen Teil der Erfahrungen der alten Kaugummis in die Wiege gelegt bekommen habe, und die weitervererbten

Erfahrungen der Kaugummis sind wirklich riesig, unvorstellbar, weil wir ja im Grunde genommen mehr Kaugummis sind, als es Menschen gibt.

Unsere gesammelten Erfahrungen sind zwar nicht so langfristig angelegt, wie die der Menschen, aber dafür sind wir international geprägt, was man von den Menschen so direkt und insgesamt nicht sagen kann. Wir kommen fast überall in der Welt herum, außer bis vor kurzem im Ostblock oder im Islam, aber da kommen wir auch noch hin, das glaubt mir man...

Was wäre, wenn ich...

...ein Reißverschluss wäre?...

...Oh Du meine Güte, was ist das für eine
Verantwortung, die ich zu tragen habe. Dies ist ein
seelischer "Hammer", den ich mit mir herumtrage!
Ich muß alles halten, an mich halten und mich
zusammenreißen, buchstäblich zusammenreißen,
um diesem Hosenträger-Typen auch noch seine
geheimnisvollsten Stellen
verbergen zu helfen.

Ja, ich trage zur Schau,
was meine Träger
verbergen wollen und
dies ist mein gesamtes
Außenleben, Zacke für
Zacke, Zahn um Zahn.

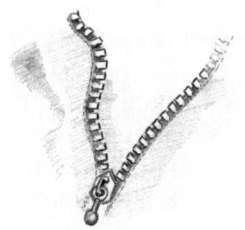

Apropo, Zahn! Was dem
Menschen seine Zähne,
da kann ich nicht
mithalten. Hätte ich z.B.
soviel Karies in meinen
Zähnen, könnte ich nicht mehr leben, wirklich.
Lücken kann ich mir nicht erlauben, weil dies
einfach zu Situationen führt, die ich nicht mehr
verantworten kann.

Wenn doch manchmal die Knöpfe, die ein wenig
schäbig auf mich herabblicken, etwas mehr Toleranz
zeigen könnten, dann wäre ich ihnen ja viel mehr
verbunden. Aber die Knöpfe, da nehme ich keinen

aus, die haben, was das halten, also das Zusammenhalten angeht eine komische Auffassung. Als Knopf löst er sich sofort von seiner Aufgabe, wenn der Faden, der ihn hält, seinen Geist aufgibt. Also der Faden hat ja auch sein Leben zu leben. Wenn ich aber als Faden die Fasson verliere, dann meint der Knopf, der müßte mitmachen, eine seltsame Auffassung von Verantwortung...!!!

Wir Reißverschlüsse (manche sagen auch Reizverschlüsse, was ich aber als einen kleinen Affrónt ansehe), also, wir Reißverschlüsse haben da ein recht eigenständiges und besonders verantwortungsvollen Lebensgefühl des Zusammenfügens, des Zusammenhaltens oder der Gemeinschaft der Zähne.

Bei uns heißt es von Geburt an..."Zähne aller Seiten vereinigt euch!" und das ohne Murren. Was unsere Seiten angeht, so haben wir eine linke Seite, eine rechte Seite (ist ja logisch!!) eine Hinterseite und eine Vorderseite und eine schlechte Seite...halt, das sagen die Menschen immer, wenn wir uns mal vertakelt haben. Ja, vertakeln, dies ist auch so ein Wort, welches sich besonders im Reißverschlußbereich zu einer wahrhaften "Krankheit" entwickelt hat.

Wenn wir uns mal in Ausnahmefällen vertakeln, dann liegt es meistens daran, daß der Mensch, der mit unserem Schlitten über unsere Zähne rattert, dies viel zu schnell macht. Dadurch können wir mit unseren Zähnen manchmal gar nicht so mithalten, so schnell werden wir zusammengepreßt. Dann vertakeln wir uns einfach, und der Mensch "fährt mit uns aber Schlitten" das sag ich euch.

Unser Seiten die wir haben sind alle sehr schön. Am schönsten ist es allerdings an der Vorderseite, weil wir da so schön in die Welt sehen können. Wir sehen alles, auch das was uns nicht so lieb ist. Manchmal führen wir auch mit der Hinterseite so eine Art Plausch, wie z.B.,

"Hey, Vorderseite, was siehst du denn gerade?"

"Ach, gar nichts besonderes!", sage ich dann meistens.

"Siehst du denn nicht auch mal etwas Sonne?" davon hatte ich der blöden Hinterseite nämlich mal erzählt.

"Nö, Hinterseite, Sonne sehe ich im Moment mal nicht, aber erzähl du doch mal, was siehst Du denn so?

"Du blöde Vorderseite, du weißt doch ganz genau, daß ich gar nichts sehen kann. Paßt bloß auf, daß ich dir nicht mal Deine Zähne einschlage!"

Na,ja, besonders toll sind diese Gespräche oder Plausche allerdings nicht immer, wie du hörst.

Ja, das Leben eines Reißverschlusses hat eben seine Sonnen- und Schattenseiten...

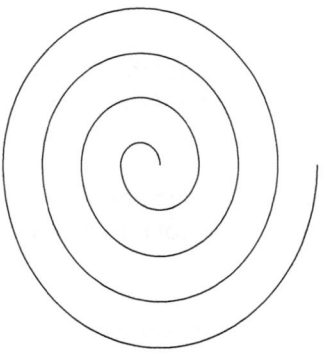

Was wäre, wenn ich...

...die Zeit wäre...

...huuuuuhh, die Zeeeeiiiiit, ich als Zeit habe meine Tücken. Nicht nur, dass ich "relativ" bin, wie Herr Einstein in seiner Relativitätstheorie (neuer Schreibstil "teorie") (ausgesprochen teoooriieee) errechnet hat und viele auf der Welt versuchen, diese Theorie zu verstehen und schaffen es nie während ihres Lebens. Weshalb auch? Ich bin eben relativ!

Als ich jung war, hatte ich manchmal "lange Weile." Die Weile war so lang, das sie richtiggehend total frustrierend war (das Wort "frustrierend" kannte ich damals noch nicht, also daran könnt ihr erkennen, wie aktuell ich diese Geschichte erzähle).
Ich hatte so viel von mir, wie noch nie. Heute, im Alter (Hey, Alter, sagen die jungen Zeitnachkömmlinge) da habe ich überhaupt nichts mehr von mir.
"...keine Zeit, keine Zeit!"

Mein Leben ist so angefüllt mit zeitraubenden Tätigkeiten, dass mir die Zeit einfach davonfliegt. Ich muss mich ja selber rauben, puuhh!!, komisch, wie geht das nur?"

Ich kann mich nicht festhalten, verlängern, aufschonen oder in Säcke füllen, nein, ich bin einfach weg, weg wie Schmidts´ Katze. (Wie sollte ich mich auch selber festhalten können, das geht doch gar nicht!!)

Ja, so relativ bin ich (als Zeit) von der Jugend bis zum Alter. So weiß ich allerdings gar nicht, ob ich jung oder alt bin. Die Menschen sprechen von der "jüngsten Zeitrechnung", aber meinen eben sowohl mich, als ich alt war, genauso, als ich ganz frisch war, denn ich bin ja was ich bin, eben die ZEIT. Und was keiner kann, ich kann auch die Zukunft sein, also mich tatsächlich dorthinein versetzen und darin herumtoben, ohne dass es mich was kostet oder mir schadet.

Und unser aller im Munde liegender Freund Albert Einstein hat auch noch gerechnet, dass, wenn ich mit einem Raumschiff schneller als das Licht fliege, dann vergehe ich noch schneller, als alle Lieben, die ich zurücklassen würde auf der Erde, also andersherum, ihr würdet schon alt und grau sein oder vielleicht nicht mehr leben, wenn ich noch jung und knackig nach vielen Lichtjahren zurückkommen würde. Irgendwie erschütternd, diese Vorstellung.

Wo ich mir gerade was vorstelle...

...also, wenn ich mir vorstelle, ich bin die Zeit, was könnte ich mir dann alles vorstellen!!

Ich hätte mal so eben die Chance mich zwischen den verschiedenen Zeiten zu bewegen. Ich würde mich einfach mal in die Zeit um 2500 vor Christus begeben und mal gucken, was da so los war.

Natürlich hätte ich im Vorübergehen Christus die Hand geschüttelt, als Zeit hätte ich ja genug Zeit dafür gehabt. Vielleicht würde ich ihm auch erzählen, was sich so alles in den Jahren mit seiner Person entwickelt hat, also z.B., ob die Menschen

2000 Jahre später von ihm noch reden würden oder ob sie sich einen anderen ausgeguckt haben.
Wüsste er das wohl gerne? Ich kann ihn dann ja mal fragen.

Ja, ich würde gerne einmal persönlich diese alten Filosofen (neudeutsch) in ihren langen Gewändern in Natura gesehen haben und Ihnen vielleicht sagen, was aus ihren schlauen Erkenntnissen geworden ist. Vielleicht würden sie einige Dinge dann noch etwas deutlicher beschreiben und dies mir auf den Weg geben.

Ich und ich selbst! Im Sauseschritt, so wie Wilhelm Busch das mal geschrieben hat, durchlaufe ich die ganzen Räume.

ARBEIT...
PAUSE...
Arbeit...

Hier haben sich doch tatsächlich "Leute" eingeschlichen, die ich über alles liebe! Wen wohl? Natürlich die liebe Pause und die liebe Arbeit. Ich muss jetzt auch mal sagen, dass ich zu beiden etwas nett sein will, denn wir haben mit manchen Menschengruppen ein rechtskonträres Verhältnis, besonders mit denen, die sich heute Kapitalisten nennen.

Vielleicht auch mal ein Abstecher in das Jahr 60.000 vor Chr. um dann mal zu sehen, welche Menschen da schon gelebt haben. Könnte ich denen vielleicht was von Wolkenkratzern, Fernsehen und Autos erzählen oder das es in Deutschland zwischendurch mal so komische Kanzler gab, die alles aber auch alles durcheinandergebracht haben. Manche Kanzler die ganze Welt und manche nur sich selbst. Wollen die das vielleicht gar nicht hören?

Nun denn, ich bin die Zeit und kann mich dorthin versetzen, wohin ich es will. Probieren könnte ich natürlich auch den Weg in die Zukunft.
Kunterbunt liegt sie vor mir!
Ich kann erkennen, wer wann was zu Mittag isst, wer wieder mal zu viel Pudding in sich hineinstopft oder auch welches Pferd beim Pferderennen den Kopf vorne hat. Natürlich auch wer Recht hat und wer Recht bekommt, welcher Staat bei den Olympischen Spielen wie viele Goldmedaillen gewinnt, alles ganz wichtige Sachen, die die Zukunft bestimmen.

Aber, liebe Leute, ich schweige darüber, denn...
...es wäre zu langweilig zu wissen, was in den nächsten Tagen geschieht, außerdem würde es euch keiner glauben, auch wenn ihr es noch so auf Stein und Bein schwören würdet, ja so ist das nun einmal unter euch Menschen, auch wenn ihr euch noch so klug wähnt, die Wahrheit wollt ihr gar nicht wissen.

Tschüss, bis bald oder bis jetzt...

Was wäre, wenn ich...

...das Wasser wäre...

...egal in welchem Zustand ich mich befinde, es gibt nur ganz wenige Materialien, in denen ich nicht zu Hause bin. Nenne mir mal einen, der Dir spontan einfällt!

Ein Gegenstand in dem ich mich nicht fühle wie ein Lebensretter, ein Lebensspender oder eine lebendige Notwendigkeit.
Ich sage Dir mal in keinerGeheimsprache und ganz unter uns: (Hause zu nicht ich bin Diamanten in)

Ja, etwas verdreht dieser Satz, aber wie bei fast allen Dingen des Lebens gibt es bei mir weder ein Oben noch Unten noch Rechts noch Links, sondern nur ein Existieren, also ich BIN und ich bin auch das SEIN. (Siehe das weltberühmte Buch mit dem Titel SEIN und HABEN) Hierbei fühle ich mich allerdings mit der Luft auf einem Nenner.

Dies ist eine kleine Abschweife in den Bereich der Metaüberphysischenpsychologietransmitteranz ... pauww, was für eine Wortschöpfung. Hierbei habe ich Anleihe bei der SCHRIFT und der SPRACHE aufgenommen, die ja auch eine ziemlich wichtige Existenzberechtigung haben.
Die beiden mögen es mir verzeihen.

Also, ich bin etwas abgewassert bei den vorhergehenden Aussagen.

Wegen der "Lebensspendenden Geschichten" bin

ich aber keineswegs oder keinesfalls eingebildet! Wer glauben könnte, ich mache mich bewußt aus dem Staube, wenn ich mich irgendwo nicht mehr so wohlfühle in einem Körper oder so, der hat keine blasse Ahnung von meiner Beständigkeit. Als Wasser bin ich tatsächlich und natürlich eines der Flüchtigsten, aber auch Beständigsten Stoffe, welche die Natur uns allen gegeben hat. Ich mache allerdings auch wenig alleine.

Wenn ich in einem Körper bin, so z.b., wenn ich mich verflüchtige als (Hans-)Dampf oder als blubberndes, wuseliges, schmatzendes oder gurgelndes ETWAS, dann hilft mir immer ein anderer Stoff, oder wie man zu Stoff auch noch sagen kann.

Denke mal an die Badewanne, in der ich mich natürlich auch ganz toll wohlfühle.

"Hach, dieses Schuckeln von zarten Körpern in meiner Masse das bringt mir ein total abgef...tes Gefühl von ichweißnichtwieichdassagensoll, ohne nicht die Kontenance zu verlieren."

Wenn ich nun "abgelassen" werde aus der Bade-wanne, nach dieser wundervollen Orgie, dann fange ich mich an zu drehen und zu winden und zum Schluß meines langen "Schwanzes", obwohl mein Körper ja alles ist, Kopf, Bauch, Beine usw., gurgele ich so richtig freudig erregt in den Abfluß, mit einem so gruggelliegen, gurgelnden, schmatzenden schnuddel-Geräusch, daß mir ganz anders wird.

Und dann auf zu neuen Ufern und Abenteuern im Kanalsystem oder sonstwo. Und wer hilft mir dann bei meiner Wanderung??? Weißt Du´s schon selber??

"Es ist der Herr Magnetismus und Frau Anziehungskraft!!"

Zwei allerliebste und für mich richtig faßbare Typen, wirklich. Hast Du sicher auch schon einmal kennengelernt? "Die beiden ziehen mich geradezu an. Sie fassen mich und saugen und saugen an mir, bis ich woanders bin. Meine Chance eigene Wege zu gehen ist fast gleich Null!"

Sogar in den Wüstenstätten, also der Wüste oder der Pampas schreit der Verdurstende nach mir... "Wasser, Wasser, Wasser, ich habe Durst!" schreit der fast Verdurstende, auch wenn er sonst lieber den mit mir verdünnten Whisky oder andere Alkoholika zu sich nimmt und fürchterlich auf mich schimpft.

"Aber wenn er mich aber braucht, in Notsituationen, da bin ich wohl gut genug oder??!!"

Tscha, und wenn ich häufig mal so richtig gekitzelt werde, so von unten, oben, recht, links, ihr wißt ja, wie auch immer, dann nämlich falle ich runter, wie eine reife Pflaume vom Baum. Ich falle und falle und falle bis ich aus meinem Wolkenkuckucksheim auf die Erde komme oder auf die Bäume, die Blüten oder die Erdbeeren oder ganz besonders auf Dich, denn dann bin ich Regen geworden.

Wasser, Regen, Dampf, Hagel, Eis, Schnee, Matsch, egal, wie ich mich dann schimpfe, ich kooommmeee, wie noch nichts gekommen ist zu euch und beglücke euch mit meinen vielen Zuständen.

Ob warm oder kalt, es ist für manche ein innerlicher Vorbeimarsch mit mir in Berührung zu geraten. Komme ich aus einer Dusche, kalt und weich, aber eben kalt, so stehen schon Einigen, die ich dann "treffe" sämtliche Nackenhaare zu Berge, weil eben kalt.

Ihr glaubt es nicht, es gibt Menschen, die juchzen, wenn ich ihnen kalt ihren Rücken oder die Brust hinunterlaufe, als ob sie sonstwas machen, also wie soll ich es sagen, es ist eben kalt, wie ich bin... (Bei den Männern gibt es so ein Handzeichen beim Platz zwischen Daumen und Zeigefinger, das bedeutet, wenn sich der Platz zwischen Daumen- und Zeigefingerspitze verringert, je kleiner bei der Kälte, desto kleiner auch ein bestimmtes männliches Körperteil)

Tscha, ich habe überall meine "Finger" drin, wobei ich tatsächlich gar keine Finger habe!

Was wäre, wenn ich....

...die Arbeit wäre...?

...was schimpft ihr da so herum, so rundherum über mich. Als ob ich etwas dafür könnte, das es mich überhaupt gibt.
Ihr habt mich doch erfunden!

Ich bin, jawohl!
PAUSE...

Ich bin nämlich einer der wenigen Begriffe, denen man nicht genug danken kann. Was glaubt ihr wohl wie es euch gehen würde, wenn ich nicht da wäre?

Niemals habe ich auch nur jemanden ein Haar gekrümmt mit meiner Existenz. Da könnt ihr aber einen ganz gehörigen Gedanken an mich verschwenden ihr Leute, auch wenn es euch nicht so gefällt, manchmal.

Also, so fängt man am besten an, wenn man nicht so genau weiß, wie man anfangen soll. Ich denke einfach mal wir werden gemeinsam überlegen, was wäre, wenn ich ich wäre, denn gemeinsam kann ich alles am Besten machen, wißt ihr. Gemeinsam kann man zwar auch singen oder Pfeife rauchen , aber am besten kann man zusammen meine Existenz genießen, nämlich die Arbeit, jawohl.

PAUSE...

Nun, erst einmal habe ich zwischen diesem Absatz und dem vorherigen erst einmal meinem Gevatter, der Pause, gefrönt. Ja, hier sei es einmal gesagt, die Pause, hat ein weibliches Geschlecht, wie ich, und wir verstehen uns sehr sehr gut. Und noch etwas, wie ihr vielleicht beim Lesen schon bemerkt habt, ich wiederhole auch gerne etwas, wie häufig bei Menschen mit langen Erafhrungen, die vergessen, was sie so gesagt haben, die wiederholen auch alles sehr gerne. Dies wiederholen hat auch ein Gutes! Je mehr ich wiederhole, desto schneller geht die Zeit herum, ja, denn auch die Zeit steht mit mir in einem unwiderstehlich unwahrscheinlich reizenden Verhältnis, aber davon später mehr.

Erst einmal zur Pause und mir!

Die Pause ist etwas, was meinen Fluß, also den Arbeitsfluß entscheidend, ich sage wirklich entscheidend unterbrechen kann, Eigentlich müßte ich mich ja fragen, wieso ich das zulasse. Wer läßt sich denn schon gerne unterbrechen? Ich kenne nichts, was sich gerne unterbrechen läßt, zumindestens fällt mir zur Zeit nichts Besonderes ein.
Aber ich lasse mich gerne unterbrechen, von Euch, von den Menschen, von der Pause, bis auf einen, der mag das überhaupt nicht... der heißt Arbeitgeber... ein gräßliches Wort, findet ihr nicht auch?

Nun, wenn ich dann und wann so richtig losgelegt habe zu wirken, bei Euch, dann gibt es sogar etwas Gefühl. Dieses Gefühl nennt sich Arbeitswut.
PAUSE...

Arbeitswut ist ein Gefühl, was selten auch durch die

Pause unterbrochen werden kann, denn dabei bin ich so elendig toll in Fahrt, das es mich nicht reißt irgendjemanden an mich ranzulassen, eben noch nicht einmal die Pause. Vielleicht habt ihr das ja schon einmal selbst erlebt.

PAUSE...

Ja, die Pause habe ich deshalb auch so gerne, weil es während sie so andauert immer so schön nach Kaffee duftet, obwohl es ja gar nicht "schön" duften kann, weil es nur gut duften kann, aber duften ist eben so schön, genauso wie verduften, was ja viele machen, wenn sie mich sehen. Also, während es während der Pause so schön duftet, habe ich endlich mal Zeit über mich selber nachzudenken. Ihr glaubt nicht, wie toll ich mich fühle, wenn ich mal so richtig ausspannen kann, während die Pause arbeitet, also die Pause, während sie mich, weil ich ja die Arbeit bin, unterbricht, arbeitet, jawoll, sie arbeitet, obwohl ich mich gerade ein wenig zur Ruhe gesetzt habe. Dies gibt mit Abstand von meinem Ich und bringt mich weiter, mich selber zu finden.
Alle wollen sich schließlich selber finden, weshalb nicht auch ich?

PAUSE...

Es ist scheinbar auf der Welt doch so ganz schön eingerichtet, wißt ihr. Wenn man will kann man mich nehmen und mit mir umhergehen, mich herumzeigen, in Aktenordner packen und ganz wichtig tuen, oder man kann Kongresse machen, über die die ganze Welt redet und man kann auch eine ganze Völkerschar nach mir benennen, nämlich die Arbeiter, zu deutsch Proletarier oder so. Es gibt sogar einen Tag der nach mir benannt ist. An diesem Tag kann ich mich so richtig entspannen und mal zusehen, wie die anderen etwas tun, was ich nicht tun muß. Wer dabei dann eben was tut, das ist mir eigentlich nicht so klar, weil ich dann ja Feiertag habe und auf der "faulen Haut" rumliege.

Derjenige, der mich losgeworden ist, heißt Arbeitsloser. Dies sind im Allgemeinen heute auch eine ganze Menge Menschen. Diese Menschen tun mir wirklich leid, denn ich kann sie ja nicht mehr an meinem Dasein erfreuen. Aber etwas geht auch bei mir dabei mit einher, was mich eigentlich beunruhigt!

PAUSE...

Je mehr Menschen mich verlieren, desto mehr sagen diejenigen, die mich vergeben (also die Arbeitgeber) das ich auch weniger werde. Nun, wie geht denn das??

Wenn ich weniger werden soll, dann wäre es vielleicht so, das man mich irgendwann ausrotten wollte, wie so eine Vogelart oder sonstwas Lebendes! Dies beunruhigt mich so sehr, das ich ganz aufgeregt davon werde. Jetzt versuche ich schon mal ganz hektisch (übern Ecktisch, wie mein Freund, die Ruhe, immer zu sagen pflegte) meine Existenz zu begutachten. Ausrotten, das haben die Menschen ja leider so an sich, das sie dies können tuhen wollen möchten, aber nicht mit mir.

PAUSE...

Ich stelle eben auch hierbei immer wieder fest, dass ich nicht ausrottbar bin! Neben dem, was diejenigen sagen, die mich quasi "vergeben" (eigentlich komisch, ich bin doch da, auch ohne diejenigen). ...also die Arbeitgeber "vergeben" (was?) stelle ich fest, mich? Da es mich eigentlich in Hülle und Fülle gibt, mich jeder nehmen kann und verbrauchen kann, wie ich bin, ehrlich!

Nur, sagen die, die mich vergeben, die sagen, ich wäre zu teuer! So ein hirnverbrannter total herunter-gekommener Mistviehgedanke, verrückter...!!!??? Ich wäre zu teuer???!!

Dabei muß man mich doch nur machen lassen und egal wie, ich funktioniere doch auch ohne die, die mich vergeben, denn es gibt immer wieder genügend junge Leute, die mich gerne haben wollen und nicht nur die. Ich fülle doch jedem seinen Geist, sein Gemüt und seine Zufriedenheit für sein ganzes Leben.

Selbst diejenigen, die sagen, daß sie pensioniert sind, haben doch an mir die helle Freude.

PAUSE...

Ja, die Zeit..., mit der Zeit habe ich schon oft diskutiert!

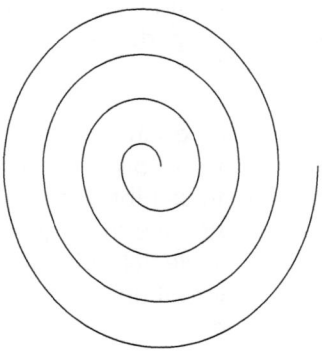

Was wäre, wenn ich...

...das All wäre?...

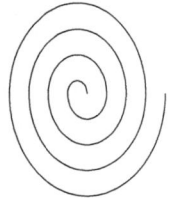

Ich bin was ich bin, uneeeeeendlich!

Nicht nur unendlich blöd, eingebildet oder
unendlich reich. Ich bin unendlich in allem, ja in
allem, was du dir nur denken kannst, selbst in dem,
was du dir nicht denken kannst.

Du lebst in mir, Du kleiner Floh, ja, du, der du
gerade dieses schöne Buch liest und versuchst mich
in meiner unendlichen Güte zu begreifen.

Du kannst mich anfassen, mich an meinen Füßen
kitzeln oder an meinem Bauch, egal wo du glaubst,
dass du mich kitzelst ich bin überall da, gleichzeitig
Bauch, Füße, Kopf und Knie, wo ich auch alles
andere bin, nämlich, um es noch einmal zu
wiederholen, ich bin unendlich.

Es mag dir vielleicht seltsam vorkommen, dass ich
mich ständig wiederhole, oder?
Aber, ich muss es ja wissen, ich wiederhole mich,
weil ich das muss! Unendlichkeit hat kein Ende und
keinen Anfang. Mein ganzes ich als All hat eine
solch große Dimension (Größenordnung), dass es
unendlich viel Zeit dauern würde, wenn ich mich
mal am Kopf kratzen wollte.
Zum Beispiel, eben meine Hand zu heben dauert
schon unendlich lange, aber auch das Jucken an
meinem Kopf dauert unendlich lange, alles sicher
sehr seltsam, nicht wahr?

Aber ich habe mich damit abgefunden!

Genauso habe ich mich damit abgefunden, das ich eigentlich NICHTS bin. Ja, ich bin NICHTS!

Wenn Du sagst, etwas NICHTS wäre etwas, was wo rein gar nichts wäre, dann bin ich das NICHTS, aber gleichzeitig bin ich auch das WAS, das ETWAS!

Tscha, blöde Situation, einmal alles zu sein und einmal nichts und beides gleichzeitig.

Ich würde es Dir ja gerne auch mal andersherum erzählen, weil ich glaube, das du meine Existenz nicht begreifen kannst, aber wo soll ich da anfangen?

Da ich schon da bin, also da ich schon einmal da bin, könnte ich auch mal etwa so anfangen...

...vor langem, NICHTS hatte ich mich so geärgert, das ich auch mal etwas sein wollte. Also ging ich in mich, drehte mich einmal kurz zur Seite (dauerte vielleicht 96 Quadrillionen Historien, dieses Drehen), also drehte mich einmal kurz zur Seite und plötzlich, nach rund 100 Fielitenlonen Historien war ich ETWAS.

Ach war das schön!

Jetzt konnte ich auch mal fühlen, wie das ist, ETWAS zu sein!
Ich fühlte und fühlte und fühlte und sah, dass dieser Zustand ETWAS zu sein nur sein konnte, weil ich auch gleichzeitig NICHTS war.

Anfangs erschrak ich fürchterlich. Ich dachte ich wäre krank und ärgerte mich um unendlich viele Sternenhaufen und schwarze Löcher, aber egal, der Zustand war erträglich und ich wusste, das dadurch, das du dieses alles jetzt gelesen und verstanden hast, ich wirklich glücklich war und auch noch bin, und dies zu deiner Freude für unendliche Zeiten...

Ja, was soll ich noch Großes sagen? Du weißt ja auch, alles was der Angeklagte zu sagen hat, kann gegen ihn verwendet werden wenn er mal seinen Mund aufmacht.

Vielleicht möchtest du mir mal etwas näher kommen? Möchtest du mich einmal besuchen zum Beispiel von meinen unendlich vielen großen Zehen zu meinen unendlich vielen Augen laufen? Möchtest Du mal sehen, wie ich von hinten aussehe?

Ich weiß ja, das so viele deiner Brüder und Schwestern sich dies immer gerne wünschen! Diese wissen nur eines, wie sie dich um den Fingern wickeln können, damit du über sie staunst. Die machen das auch, um sich ein schönes Leben zu machen, du kannst mir das glauben, ich weiß es!

Dir kann ich aber etwas anderes sagen!

Du bist schon da, wenn du es nur denkst! In dem Moment, wenn Du denkst du wärst an meinen unendlich vielen großen Zehen oder meinen unendlich vielen Knien, oder an meinen unendlich vielen Augen, vielleicht auch an meinen unendlich unzählbaren wunderschönen Mündern, damit du mir einmal einen Kuss geben kannst, in diesem Moment bist du schon da.

Ich könnte mich jetzt nur noch wiederholen, weißt du... so unendlich bin ich!

...und ich habe dich unendlich lieb, weil du ein Teil von mir bist...

Was wäre, wenn ich...

...das Brot wäre?...

...zum ersten Mal darüber nachdenken, etwas zu sein, was dem Menschen seit seiner Urzeit seines Entstehens wahrscheinlich das höchste Gut geworden ist.

Seit Beginn des Feuers für den Menschen hat mich der Mensch geschaffen als etwas, was er zu seiner Existenz benötigt, wie das Wasser, den Sauserstoff und die Stickoxfiese. An der Schreibweise dieser beiden so hochempfindlichen Worte werdet ihr erkennen, wie schwierig es ist, andere Begriffe zu benennen und dann auch noch richtig, also richtig nach eurer Denkweise. Wie einfach dagegen ist das Wort "Brot"! Ohne Gechnörksel und Gehabe, einfach, gediegen und vornehm, aber man weiß ja, wie wichtig man ist!

Ja, das Brot, geheiligter "Urgestoff" des Menschen, mit Sagen und Sorgen umwoben, mit Sprüchen verziert und umkämpft, geliebt und gefangen gehalten und befreit.

Der Mensch lebt nicht vom Brot allein! Das Brot brechen mit einem Freund! In den Kerker geworfen werden bei Wasser und Brot!

Was macht ihr mit mir, ihr Menschen!!

Ihr werft mich einfach hin! Hinein in den Kerker! Ihr brecht mich mittendurch und schafft mir Qualen,

117

obwohl ihr doch von mir lebt! Zwar lebt ihr nicht von mir allein, aber "unser tägliches Brot gib uns heute" und erfleht es von eurem Herrn und ihr werft mich fort, in den Kerker, ihr Banausen. Zusammen mit Verbrechern und Mördern mit Unschuldigen und Politischen, mit allen, die etwas verbrochen haben und auch unschuldig sind...

Aber, aber saget ihr. Das Brot hat doch keine Seele, denn es ist doch geschaffen um zu ernähren. Das Brot erfüllt doch nur die Pflicht, die ihm auferlegt wurde vom Menschen. Vom Menschen geschaffen darf der Mensch auch damit tun was er für richtig hält... Ja oder Nein??

...nur kann der Mensch wirklich entscheiden, was er für richtig hält?

Ist der Mensch nicht auch nur ein Stück Brot? Ist der Mensch nicht auch geschaffen um an der Tafel des Lebens die "REGEL DES LEBENS" zu erfüllen, zu nähren und zu sein um zu vergehen??

Nun, ich, das Brot, stelle solche großen Fragen und kann darauf selber keine Antwort geben. Vielleicht könnt ihr es ja, ihr Leserinnen und Leser, ihr Philosophen und Politiker, ihr Bürger und Menschen?

Eines möchte ich euch aber dennoch dringend ans Herz legen.

Ich mag es nicht besonders gerne von Euch mit Marmelade und Fett beschmiert zu werden, gleichfalls finde ich es auch nicht fein, mich mit

"Leichenteilen" zu belegen und mich dann damit in euren Schlund verschwinden zu lassen, auch wenn es euch vielleicht besonders gut schmeckt.

Na, ja, zerkauen, das mag ja noch angehen, denn so quer möchte ich nicht durch euch hindurch schlupfen und rutschen, also so wie eine Scheibe Brot, die ihr euch von meinem Laib abschneidet. Wenn ich nicht zerkaut werden würde durch eure kariesverseuchten Wohlstandsgebisse, dann müßte ich ja komplett als Scheibe in euch hinein, und verbiegen und verwursteln, das will ich mich von euch schon lange nicht lassen.

Erstens tut das weh und zweitens wurde ich dazu nicht gemacht.

Ich bin fein und möchte auch fein behandelt werden. Selbst meine Zusammensetzung ist in seiner Grundsubstanz fein. Mehl und Getreide, Wasser und Salz, Körner und guter Wille, alles wird in mich hineingetan damit ich schmackhaft werde und euch erfreue. Manche meiner Gevattern haben auch Inhalte, die von den Bäckerinnen und Bäckern streng geheimgehalten werden.

Hierauf können diese Verwandten schon etwas stolz sein, meine ich, oder?

Ich möchte gegessen werden und nicht verschimmelt in der Ecke herumliegen. Ich möchte ein Genuss sein für euch, ihr "Herren der Welt", wie ihr euch nennt und für diese "Herren" will ich gerne ein

Mittel sein Frieden zu erzeugen, Glück zu säen und Hunger zu stillen, wo immer ihr mich für euch nutzen wollet.

Doch wehe euch, ihr Scharlatane, Demagogen und "Brot und Spiele-Verfechter", wehe euch wenn ich es erlebe und ihr benutzt mich zu euren dunklen Machenschaften, dann werde ich total sauer, "brotsauer", wie man dann sagen kann... und werde mich nicht in eure üble Suppe hinein bröckeln lassen, sondern hart werden, wie ein Granitstein und dafür sollt ihr euch an mir die Zähne oder eure Keramik-Nirosta-Kronen ausbeißen.

Brote seid Boten für den Frieden der Welt
lindert Not,
bekämpft den Tod
und haltet was euch hält.
Seid schmackhaft und mehret euch für alle Kinder
und füllet mit Freiheit die hungrigen Münder.

Nun, denn ein paar wenige Worte zu mir zum Schluss, damit die anderen Begriffe auch noch mal drankommen...

Ich bin eines der Stoffe, die wirklich aus ihrer Weltwichtigkeit keinen so großen "Larry" machen, also, aufgepasst, wenn ihr mich das nächste Mal zwischen Euren "Hauern" zermalmt, dann denkt dennoch ein wenig an mich... Ich liebe Euch alle... Ihr... ach, Ihr ach so tollen Menschen...

Was wäre, wenn ich...

...das Geld wäre?...

Wenn ich einmnal reich wär´,
diebidibidibidibidibidibidibidumm, ach was wär ich
doch ein reicher Mann, dibidibidibidibidumm...
brauchte nicht zur Arbeit...
jabidibidubidallatrallatrumm...
und so weiter...

Geld ist nicht alles!! Hieraus schließt Du als LeserIn
vielleicht, daß es Wichtigeres gibt als Geld?
Ja und Nein...!!! Für die einen bin ich "peanuts", für
die anderen bin ich manchmal das Tor zu Welt und
für die
wiederum
anderen bin ich
ein Teil ihrer
Existenz.
Tscha, was soll
man dazu auch
schon sagen?

Ich möchte es
ganz kurz
machen:
Entweder man hat mich oder hat mich nicht!!
Zufrieden??

Nein??

Na, sowas...

Das ich etwas weltweites bin, aber auch nicht

natürlich, das haut mich auf der einen Seite um, auf der anderen Seite bin ich traurig über mein Dasein, weil ich eben so künstlich bin.

Jedes Teil hat einen Wert, auch ich, aber meiner ist komischerweise immer, aber auch immer am schwanken. Gehe Du doch mal über die Straße und bist am Schwanken! Ich sage Dir, wenn Dein Wert ständig schwanken würde, dann wärest Du sicher nicht so glücklich.

Weißt Du aber, wer mich so zum Schwanken bringt? Nein?

Ich sage es Dir, mit aller Vornehmheit die meine Spezies an Begriff so an den Tag legen kann...

Du bringst mich zum Schwanken...!!!

Allein Du Mensch, mit Deinem ständigen Konsum, Deiner ständigen Gier nach mehr, mehr, mehr...

...du bist einer von diesen vielen, die mich ständig in meinem Wert steigen und fallen lassen, die ständig meinen Weltkurs durcheinanderbringen und glaubt mir, dazu wurde ich nicht geschaffen und eigentlich will ich das auch gar nicht mehr mitmachen!

Und das Verrückte dabei ist, bei jedem Schwanken bringst Du Dich in Gefahr, sodass Du mit mir immer weniger anfangen kannst, so z.B. Brot zu kaufen oder Gemüse oder auch ein halbes Schwein...

Wenn ich das Geld wäre, also, falls Du es vergessen

hast, ich tue ja nur so, ich als Schreiber, als das ich sagen kann, wenn ich einmal etwas anderes wäre, als ich bin, also mal das Geld, was wäre dann?

Das Interessante daran ist auch, dass ich ja eigentlich niemals alle sein kann, auch wenn das so viele Menschen, so ca. am 10. eines Monats, oftmals traurig behaupten. Alle kann ich ja gar nicht werden weil ich ja etwas Künstliches bin. Also, aber, wenn ich das Geld wäre, würde ich mich perönlich abschaffen. Ich würde mich am liebsten wieder in einen Zustand zurückversetzen wollen, der eben nichts ist und wißt ihr weshalb??

Ich bin es leid immer so herumgeknetet, gewurstelt und gefaltet zu werden. Ich bin aus Kunst geschaffen und in Kunst will ich auch wieder zurückgehen. Ich will mein Leben auch einmal so gestalten können, wie ihr. Ich will einfach mal etwas ausgeben und mir etwas kaufen. Ich will zum Beispiel zum Tauschhandel zurück! Beim Tauschhandel habe ich endlich meine Ruhe vor euch Menschen.
Ihr könnt an mir und meinem Wert nicht mehr herum manipulieren. Ich bin mal ein Schwein wert und mal nicht, und das lasse ich ich mir dann eben nicht mehr gefallen.

Also fort mit mir und ab zum Tauschhandel, ihr Menschen...

Was wäre, wenn ich...

...der Kopf wäre?...

Der Kopf, der Kopf, der Kopf
für manchen ist er Kropf...

...so reim ich und bin...
Dein Kopf!
Kopf ist das, was Dir so auf deinen hochgezogen
Schulter herumbaumelt, wenn du die Schultern so
hochziehst, wenn du mal was nicht weißt, weil ich,
dein Kopf, dir einfach mal den Dienst verweigere,
also mehr dem Gehirn anweise nicht zu antworten.

Ich bin insgesamt der Direktor über alles, was sich
in meiner Nähe befindet; das Gehirn, die Ohren, die
Augen, die Nase, der Mund, die Haare, die Pupillen,
und so weiter.. und so weiter.

Ich bin deshalb Direktor geworden, weil ich alles
organisatorisch voll in der Hand habe. Mein größter
Widersacher bei der damaligen vor rund 40
Millionen Jahren anstehenden demokratischen
Wahl war das Gehirn.

Das Gehirn hatte aber nach einer etwas längeren
Amtspause eingesehen, das es besser wäre, nicht
so sehr in Opposition zu gehen, sondern mehr
mitzuziehen. Dem Gehirn blieb also nichts weiter
übrig, als die Wahl zu akzeptieren.

Die geheime Wahl wurde von mir bis heute nicht
wiederholt, weil sich an den äußeren Umständen
nicht ein Deut geändert hatte. Das Gehirn sprach

zwar zwischendurch über den Mund, (also Stimm-
band, Luft, Zunge, und Mund waren Komplizen) der
so genannten Evolution, aber ich glaube er hat das
auch häufiger mit Revolution verwechselt.
Nun, nichts hat sich in diesen Jahren verändert,
weshalb dann Wahl und wählen?

Aber habe ich Durchsetzungsvermögen? Auch in
der heutigen globalisierten Welt, wo es nur noch um
den Mammon geht, nicht um Schönheit der Formen
oder die edle Nase?

Ich bin Kopf, Direktor und werde mich bald zum
Präsidenten vielleicht sogar zum Kaiser wählen
lassen!

Damit könnte ich auch den anderen Untergebenen
ein wenig Genugtuung verschaffen vor den ganzen
Konkurrenten, die unter mir angesiedelt sind.

Ich weiß, ich weiß, alle wollen nach oben, alle
wollen einmal an der Spitze stehen!

Den Füßen reicht es schon lange nicht mehr, immer
in so dreckigen Schuhen zu stecken, diese Socken
zu berühren, die niemals so richtig gewaschen
werden und ständig diese Vorwürfe von der Nase...

Ich habe also dem Gehirn Anweisung gegeben,
einmal in der Woche einen so genannten Kopf- oder
Handstand zu veranlassen, damit eben die Füße
auch mal oben sind.

Schlimm ist eigentlich nur, daß ich so wenig Einfluß
auf den Träger habe, also der Träger insgesamt.

Es gab heiße Diskussionen, als er mal unvernünftigerweise die Leber mit so viel Alkohol zugeschüttet hatte, das sie nicht mehr konnte und diesen ganzen Sums an mich abgegeben hat.

Wenn ihr nicht wißt, was Schmerz ist. Ich brummte und brummte und brummte, der Träger schüttelte mich und trug mich in den Händen, aber nichts half. Selbst als er mich mit kaltem Wasser überschüttete, hatte ich nur ein müdes Lächeln übrig und ein herausgeschleuerdertes OOAuuhoohuuuuh...

Also Kopf hin und Gehirn her und dieses schwache Verhalten. Ich habe keine Lust für alles hingehalten zu werden. Somit habe ich dem Gehirn befohlen, daß nach meiner Intrhronisierung zum Kaiser, ein Lotterleben nicht mehr hingenommen wird.

Ich habe veranlasst in meiner Eigenschaft als höchster Träger, höchster Macht, und höchster Kompliziertheit die Steigerung der Produktion von Antihalogen-Hormonen termingerecht und am richtigen Ort voranzutreiben um somit solche Auswüchse zu verhindern.

Hochachtungsvoll

Kopf

bald Kaiser

Was wäre, wenn ich...

...eine Hose wäre?...

"Zwei Beine, sagen Sie, sollen da hinein?"

Ich wäre keine richtige Hose, wenn ich z.B. drei Hosenbeine hätte! Das dritte nicht vorhandene Beinkleid, so werden wir Hosen ja auch genannt, also das dritte Beinkleid hätte ja keine Füllung, denn wo soll denn einem Menschen ein drittes Bein wachsen?

Ja, und dies wäre ja wirklich seltsam,
wenn ich so durch die Straßen
wandere, wenn mein drittes
Beinkleid so durch die
Gegend weht, ohne
Inhalt.

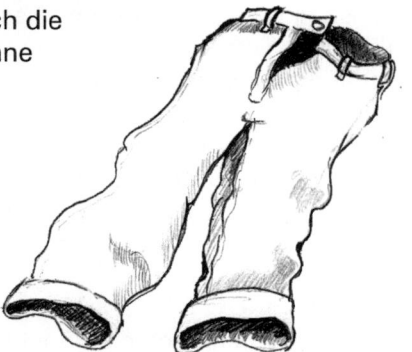

Nun denn,
Beinkleid oder
landläufig
Hose genannt,
ist ein
ziemliches
Schicksal.

Vielleicht
kommt es Dir oder Ihnen ja
nicht so vor!

An meiner Hinterseite habe ich eine Stelle, die bekommt ständig neue Druckstellen, also die steht fast immer unter Druck. So ein Stress ist das, dass ich, wenn derjenige auf seinem Sitz immer so hin- und her scheuert, ziemlich bescheuert, das, na, der macht mich ganz blank mit seinem Gescheuere, der Scheuer.

Scheuer sind Menschentypen, die irgendwie immer etwas unter Termindruck stehen oder sonstige Sorgen haben. Ja. sogar als Hose hat man den Besitzer im Griff, was seine Psyche angeht. Voll blankgescheuerte Gesäßteile von mir sind auch nicht schön, weil sie in aller Öffentlichkeit sich abheben von den anderen schöneren Teilen meines Hosenkörpers.

Die total blankgescheuerten Hosenteile sind also von Leuten, die ständig unter Dampf sind, also Hansdampf in allen Gassen. Dieses kann man allerdings von einigen andern Leuten nicht behaupten, die nämlich im allgemeinen Beamte heißen. Auch diese haben blankgescheuerte Dingsbumse und das kommt davon, dass die im allgemeinen viel sitzen müssen und dabei immer rundherumrutschen, weil sie nämlich Angst haben den Feierabend zu verpassen, sagen alle die anderen.

Da gibt es auch noch die Bügelfalte, eine ziemlich seltsame Geschichte meines Lebens.

Also, die Bügelfalte wird in mich hineingepresst, wie ein Knick in die Schale eines Hühnereies beim Aufschlagen in die Pfanne, nur mit dem Unter- schied, ich bin danach schön glatt und das Hühnerei ist schön matschig, auch je nachdem, was man dann mit dem Hühnerei macht. Na, die Verbindung der Bügelfalte zum Hühnerei ist wirklich schon etwas ziemlich weit hergeholt, aber was kann man heute nicht alles schon weit herholen und es ist trotzdem noch ganz in Ordnung, oder?

Wisst ihr eigentlich. wie viele Typen es von mir gibt, also Verwandtschaft und so.

Ich will das mal einfach so schätzen, ich schätze also mal es sind Finger 1,2,3,4 * linke Hand 45, ne so geht das nicht! Also nehme ich mal die Welt, da kleben 6 Milliarden Menschen an dieser Kugel und jeder braucht ´ne Hose, nehme ich mal an jeder hat 5 Hosen im Schnitt, vielleicht zu viel, aber das wären insgesamt 30.000.000.000 Hosen in Worten (dreissigmilliarden).

Na ja, wenn ich die mitrechne, die schon verbraucht sind, also in die Hosenrente geschickt wurden, dann sind es wahrscheinlich 1000 mal so viele Hosen. Was kommt da wohl für eine Zahl raus.
30.000.000.000 * 1000 = 30.000.000.000.000 sind??, na?? Na klar, dreissigbillionen Hosen. Diese alle auf einen Haufen, es würde die Entfernung zum Mond dicke überbrücken.

Wisst ihr jetzt, was wäre, wenn ich eine Hose wäre?

Wollt ihr auch noch wissen, was ich alles so bedecke?

Wollt ihr auch noch etwas von den entfernten Verwandten der Unterhose, oder der Jogginghose oder der Kniebundfaltenhose wissen, dann rate ich euch, schaut noch mal wieder rein, vielleicht bekomme ich ja ein wenig Platz im nächsten Buch für eine lange Geschichte. Aber dafür müßt ihr euch etwas mehr Zeit mitbringen und nicht so auf mir herum scheuern, in Ordnung?

Dann bis bald!

Was wäre, wenn ich...

...ein Zug wäre?...

"...ein guter Zug", sagt man oft, wenn jemand mal hilfsbereit der älteren Frau über die Strasse geholfen hat, "ein guter Zug von Ihnen."

Aber dieser Zug ist doch gar nicht gemeint.

Ein Zug ist ein Zug der z.B. "Tssschh, sssschh, Tscchhh schhhh" macht und der Leute befördert und der viel Dampf abläßt, wenn er in Fahrt kommt.

Ein Zug ist also der Zug, der auf Schienen fährt, eine Schiene links und eine rechts, vorne und hinten sind keine Schienen...

Nun, es gibt noch viele Züge, die sich Zug nennen dürfen, aber die haben eine gaaanz andere Bedeutung als ich. Ich bin von allen Zügen der Bedeutendste, will aber nicht verschweigen, daß andere Züge auch schon etwas an Bedetung haben.

Nehme ich mal den "guten Zug" Das ist einer, den ein Mensch haben kann, wenn er etwas Gutes getan hat, oder besser, wenn er grundsätzlich so "gepohlt" ist, daß er etwas hat, was gut ist, also einen sogenannten "Charakterzug". Als Beispiel mal für diejenigen, die nicht verstehen was ich meine, weil ich zu schnell war: Jemand hilft also grundsätzlich einem alten Menschen über die Straße, dann ist das ein guter Zug von ihm.

Verstanden?

Nun der andere Zug ist der, wenn jemand das Fenster oder die Tür öffnet und derjenige, der dann da steht, der steht dann "im Zug". Ist schon blöd, die Sprache, denn er könnte genausogut bei mir drinnen sein.

Er würde dann auch im Zug stehen. Macht dann bei mir jemand das Fenster auf, dann steht derjenige im Zug im Zug. Hat er auch noch einen guten Zug, dann steht der mit dem guten Zug im Zug im Zug. Ja, so sschwierig dies auch klingen mag für jemanden der das liest, so bedeutend sind eben auch die anderen Züge.

Halt, ich weiß noch einen: Es gibt noch einen, der immer von dem Menschen "gekehrt" wird, der immer so schwarz daherkommt. Das ist nämlich der Zug im Schornstein. Wörtrlich muß dieses Wort aber wohl vom Zug des Zuges kommen, also von der Wortbedeutung Zug, wenns zieht.

So habe ich einiges über den Zug erzählt und bin noch gar nicht zu mir selbst gekommen.

Ich bin also der Tut-Zug (für Kinder) die Eisenbahn (für Leute von 1850-1960) der Intercity (für Leute von 1980-1997), manchmal bin ich auch Schwebebahn, meine Schwester, mein Bruder Magnetbahn oder meine Neffin Draisine (dieses kleine handbetriebene Dings, was über die Schienen fährt). Zu den Schienen komme ich noch.

Ich wurde von mehreren "erfunden", also meinen Antrieb hat Herr James Watt erfunden. Das ist nämlich die Dampfmaschine.

Die Räder, was mich auf den Schienen rollen läßt, die wurden schon viel viel viel früher erfunden, das weiß so genau eigentlich kein Mensch, muß aber vielleicht schon in der Steinzeit gewesen sein.

(Deshalb fragt man ja auch jemanden, der mit alten Kamellen daherkommt und sie als Neue "verkaufen" will, "ober er wohl das Rad neu erfinden will", ihr kennt dies ja alle...

Wo war ich jetzt stehengeblieben, ach ja, stehenbleiben ist für mich genauso schlimm, wie verrosten müssen. Ich brauche Bewegung, brauche Schnelligkeit, brauche die Leistung und den Wettbewerb, ja ich bin einfach eine Erfolgsmaschine, auf Erfolg getrimmt sozusagen.

Also erzähl ich mal in einem weiter, so in einer Tour, wie ich es liebe. Dampfend und schnaubend verlasse ich die Bahnhöfe, ohne aus der Puste zu kommen. Alle Leute, die mich betrampeln, weil ich sie ja (gerne) in mich aufnehme, die sind alle so nett zu mir. Jeder freut ich, wenn er mit mir irgendwo ankommt und jubelt auf dem Bahnhof, wenn er aus dem Fenster schon denjenigen erkennen kann, zu dem er hinwollte. Und dann ist er froh, das er endlich da ist und, ja, dann hat er mich eigentlich schon wieder vergessen.

Die erste Frage ist oftmals gar nicht wie es geht sondern eher "Na, wie war die Fahrt?". Als ob es denjenigen bei mir schlecht gehen könnte?

Nun, traurig gibt es auch! Also wenn die Menschen in mich einsteigen, dann winken sie genauso, wie wenn sie irgendwo ankommen, oftmals winken aber auch die, die gar nicht mit mir mitfahren... die sind manchmal schon komisch die Menschen.

Wenn ich aber die weinenden und schluchzenden Menschen in mich aufnehme, dann bin ich ganz froh, daß sie es bei mir so gut haben. Ich lasse sie dann in meine weichen Sessel fallen und sie sind dann einen Augenblick noch etwas traurig, aber dann fangen sie gleich zu gucken an, wer denn noch so in mich hineingestiegen ist und schon geht das ganze Reden und Lächeln und Erzählen los.

"Ja wo kommen sie denn her?" "Ja wo wollen sie denn hin?"

"Ach, das ist aber weit!"

"Ja, da war ich auch schon mal!"

So fühlen sich die Leute wohl über wohl in mir und ich dampfe los.

Was ich gar nicht mag sind die Leute, die mich auf meinem "Örtchen" besuchen. Hier fühle ich fast immer die kalte Wut in mir hochsteigen, wenn die mich besudeln und bemachen und fast so wieder rausgehen, wie sie gekommen sind. Es stinkt mir manchmal eben ganz gewaltig.

Kinder und Ältere, ja verschiedene Menschengruppen, die mag ich einfach, weniger, die Fußballfans oder die immer ihre Füße auf meine Innereien stellen, also auf die Sitze legen oder ihre Schuhe an mir abwischen. Wie oft habe ich den

Sitzen schon angewiesen, sich darüber mal zu beschweren und sich zu wehren, aber die stehen so ruhig da als könnte sie kein Wässerlein trüben, auch wenn es mal Bier ist, was über sie hinweggeschwappt wird.

Ich könnt mich manchmal beömmeln, wenn einer so dasitzt und langsam aber langsam vor sich hindöst und einschläft, wie die andern da reagieren...

...ach, die Leute, daß ist schon alles ein Thema, darüber könnte ich 1000 Jahre reden und Dampf ablassen...

...ja, ich als Eisenbahn...

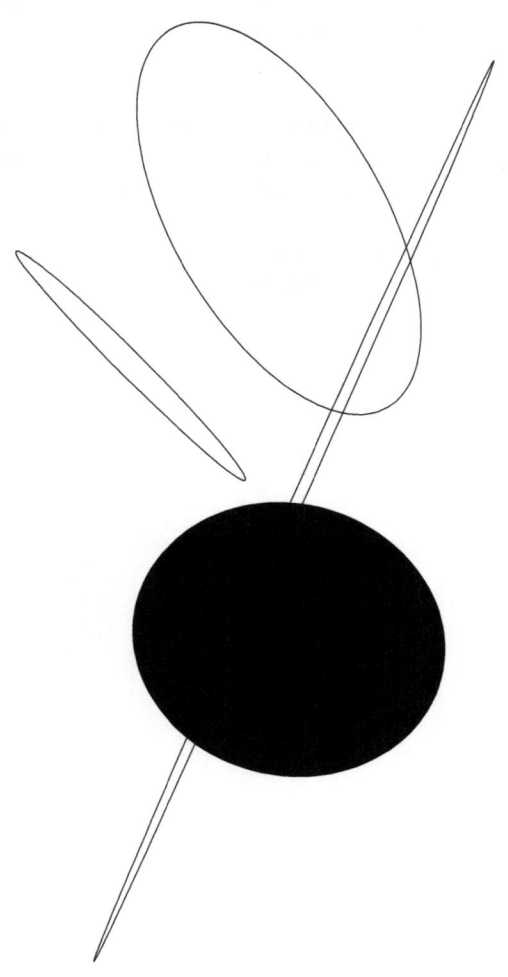

Was wäre, wenn ich...

...der Alkoho(h)l wäre?...

...haltet ihn, haltet ihn...

er flüchtet...,

er will sich dünnemachen, dieser Fiesling einer Spezies von wohlgelittenen Flüssigkeiten auf der ganzen Welt...!!!!

Wenn ich Alkohol wäre, dann wäre auch ich weltweit international zu Hause. In den teuersten lokalen, den Villen von Hollywood, oder sogar beim Präsidenten der USA, selbst vor hunderttausenden von Jahren, da wäre ich zu Hause. Ich finde mich in den ärmlichsten der Armenviertel, den übelsten Spelunken und in fast allem, was die Menschen in sich hineinschütten.

Ja, ich bin der Freudenspender der Welt.

Ich bin eine Droge. Wo ich erscheine, da erzeuge ich Liebe, Lust und Leidenschaft, gleichzeitig Trunkenheit, Gewalt und Perversitäten. Ja, ich habe in allem was sich bewegt meine Finger drin. Ich, der Herrscher der Welt???

Am liebsten mag ich mich versteckt halten in einem anderen wohlriechenden Stoff, was ich auch besonders gut kann, dies verstecken. Es steht mir vor allem, mich nach den neuesten Moden zu kleiden, also mich zu verstecken, wo ich nur kann. Longdrinks, Kurze, Helle, dunkle Säfte, Wein, Bier, selbst das Wasser ist mein Element, aber eigentlich haben die Leute das schon erkannt und mich aus dem reinen Wasser eigentlich ferngehalten.

Wenn mich jemand also so verschluckt hat, schon in kleinen Mengen bin ich nicht mehr zu halten, dann erzeuge ich eine Lustigkeit, die ist nicht von schlechten Eltern. Die Leute fangen an zu reden wie Wasserfälle, manche werden mutig und sprechen eine Wahrheit, die mich Jubeln lässt. In fast jedem Menschen erzeuge ich also ein Gefühl der Heiterkeit und Wahrheit. Ist das nicht schön?

Am Morgen lasse ich dann oft "die Sau raus", wie man das so sagen könnte. Am Morgen danach geistere ich oft so lange durch die Köpfe meiner freudigen Leute, dass ihnen Hören und Singen vergeht.

"Noch am Abend fröhlich gebrüllt, dann am Morgen fröhlich gekillt."

Einer meiner Wahlsprüche, wenn ich zur Wahl gerufen werde. demokratisch natürlich. Ich bin kein Diktator und würde das auch nie unterstützen, denn wer mich wählt, der weiß was er hat von mir. Nicht son rumgesülze, von wegen schöneres Leben oder alles für dich tun wollen.

Ich zeige allen schon vorher wo es mit mir langgeht und keiner, wirklich keiner ist von mir nicht begeistert. Ich bin überhaupt der Stoff aus dem die Träume sind...

Ja, die Träume... ich will doch mal darüber nachdenken, wenn ich Alkohol wäre, ob ich nicht ein Abonnement nehme auf die Traumfabrik hinter Wolke 12, dort soll es auch immer so fröhlich zugehen und Fröhlichkeit erzeugen ist ja meine Welt...

... auch die Sucht, ei verflucht!!!

Im alten Ägypten war ich ein ebenfalls gern gesehener Liquider Saft. Immer wieder habe ich vor Cleopatra versucht mich in Szene zu setzen. Natürlich war ich auch dabei, als sich der Kaiser Napoleon und Cleo... ne, da stimmt was nicht!...

Jetze bin ich als Alkohol wohl auch schon besoffen??...

Nein, ich meine, als Cleopatra und Cäsar zusammentrafen, war ich auch dabei, ehrlich!! Ich bin doch auch zur Wahrheit verpflichtet, wenn ich schon mal meinen flüchtigen Mund aufmache...

...tscha, da erzähle ich euch schon was ganz Geschichtliches.... das war eine große Sache, als ich so im Wein versteckt über die süßen Lippen und die Zunge von Cleo gesaust bin. Da es Rotwein war, konnte ich mich auch gut verstecken... und was passierte??

Cleo hat sich tatsächlich verschluckt, wahrscheinlich weil sie so aufgeregt war wegen dem Kaiser Cäsar... ich weiß aber nicht mehr, ob der was zu ihr gesagt hat als sie sich verschluckte...

Auf jeden Fall hat er ihr ganz sanft den Rücken geklopft. Das kannte man im alten Rom auch schon, ist doch wohl total toll, dass ihr das von mir erfahrt, eurem wahrheitsliebenden Alkohol, nicht war?

So, und danach ging es richtig zur Sache mit den Beiden. Erst einmal trugen die Dienerinnen die Speisen und anderen Getränke auf und dann wurde ausgiebig hochherrschaftlich gezecht und gegessen.

Na, ja, und dann gab es wieder und immer wieder Rotwein und mich dazu, eben als Lustigkeitsgabe...

...ich kann euch sagen, als Alkohol hat man millionenfache Möglichkeiten aus der Geschichte zu plaudern, aber alles erzähle ich euch dennoch doch nicht...

...tschüssi...

Was wäre, wenn ich...

...die Pause wäre?...

...erkenne Dich und Du weißt das Du es selber bist...

Eine der kreativsten, wenn nicht sogar "derrrr Helfer" der Kreativität bin ich, Eure PAUSE.

Ich bin, wenn ich bin, einfach da.

Ihr nehmt mich hin, wie es euch gefällt.

Ich fülle Eure Lücken in Eurem Leben mit Sinn und Vielfalt und Verstand.

Jaaa, ich bin Eure Pause...!!!

Verbunden bin ich eigentlich mit vielen Dingen, die mir aber ganz entgegengesetzt erscheinen so z.B. ist meine größte Verbundenheit mit meinem größten Kontrahenten, der ARBEIT und dennoch, ohne die Arbeit wäre ich gar nicht existent, obwohl die Arbeit fast mein größer Vernichter ist.

Wenn ein Lebewesen oder auch eine Maschine

niemals ohne Arbeit leben könnte, so wäre ich eben gar nicht existent. Demzufolge also liebe ich die Arbeit, was Dir vielleicht komisch erscheinen mag! Ich bin erst eben durch die Arbeit zur Pause geworden.

Die PAUSE liebt die ARBEIT... welch ein komisches Gespann!!

Manche von Euch Menschen hassen mich geradezu. So wenn ich an die Leute denke, die den anderen die Arbeit zuteilen und darauf achten müssen, dass auch alles schneller und schneller erledigt sein soll. Also diese Leute lieben mich überhaupt nicht.

"Ihr seid doch nicht dazu da um hier rum zu faulenzen!" rufen diejenigen "Pausenhasser" häufig ganz ärgerlich.

"Haben sie nichts anderes zu tun, als hier herum zu stehen und Pause zu machen?"
(Eigene Anmerkung: Eigentlich bin ich doch dazu da um mich zu machen, anders geht's doch gar nicht!!)

"Dafür werden sie nicht bezahlt, gehen sie an die Arbeit!"

Ja so sind die SPRÜCHE, wenn die Menschen mal meine Dienste in Anspruch nehmen und mich ausgiebig genießen wollen.

Niemals haben die so richtig Zeit für mich. Ich habe mich auch schon mal bei der Zeit erkundigt, ob die mir nicht helfen könnte. Die Zeit sagte mir, dass wir uns mal mit der Arbeit und der Kreativität an einen runden Tisch setzen müßten um dieses Problem zu lösen.

Bei aller Sorgfalt um mein Bestehen, ich hielt den Vorschlag für gut, denn wir sitzen ja alle in ein und demselben Boot, nicht wahr?

Und wenn das nicht klappt, Leute, dann sage ich euch eines, dann gehe ich nach Nürnberg in Deutschland und melde mich arbeitslos daran habt ihr dann selber Schuld...

Die PAUSE, also ich werde arbeitslos.... tssst, und ich bekomme dafür noch Geld... unfaßbar...

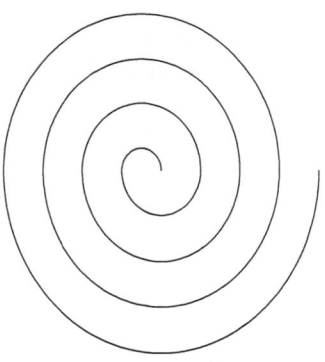

Was wäre, wenn ich...

...ein Computer wäre?...

Oh, je!

Ich bin ein Computer!

Was ist das für ein Gefühl? Kannst du dir das vorstellen?

Ich wäre ein Computer mit Tasten und Bildschirm, mit Arbeitsspeicher, igitt, und Ein- und Ausgängen, und alles elektrisch und elektronisch.

Enter... c:\Backshlash\... Enter

Mehrere Milliarden Schalter habe ich in mir, die ich sekundenschnell, nein milliardstel sekundenschnell schalten kann, je nachdem, wie ich getaktet bin. Ja, Takt muss ich haben und davon eine ganz große Menge.

Enter... c:\Backshlash\... Enter

Alles was sich um mich herum dann dreht ist nicht die Bewegung auf dem Bildschirm oder die vielen bunten miilllliioooonen Farben, nein, es dreht sich um mich mit einer ganz neuen Sprache, nämlich die Computer-Sprache.

c:\Backshlash\

Wenn ich mir auswählen könnte, ob ich nun ein großer Computer oder ein kleiner sein möchte, dann würde ich den Kleinen wählen.

Weshalb, fragst Du?

Ja, also, die Kleinen haben nämlich ein individu-
elleres Leben als die Großen.

Individualität ist z.B. ein Wort, welches ich in ca.
0,000005 Millisekunden verarbeiten kann und mich
dabei noch nicht einmal verhaspele. Stell Dir mal
vor, du müßtest 500000 mal "Individualität"
schreiben und hättest dafür ungefähr 1 Sekunde
Zeit. Ich mache dir das in 0,000001 Millisekunden
ohne mit der Wimper zu zucken, aber, und jetzt
kommt das große ABER... ich kann das nur, wenn du
mir gesagt hast das ich es machen soll und dabei
wird es eben bei mir ganz schwierig. Sollte ich das
alleine machen, so würde ich das nicht in 100000
Computerjahren schaffen, denn ich kann nur, was
du mir sagst, mehr nicht.

Enter...

Ist schon schade, dieses, aber damit muss ich nun
einmal leben.

Enter... c:\Backshlash\... Enter

Wofür soll es auch gut sein so oft "Individualität" zu
schreiben, wo du doch schon weißt, dass du, wenn
ich der Computer bin, du schon eine Individualität
bist.

Siehste, jetzt merkst du, wie doof ich eigentlich bin,
denn dass heißt ja gar nicht Individualität, sondern

Individuum in diesem Falle! Aber ich hätte dies nicht von alleine bemerken können, denn wissen, das weißt nur du, oh jeh...

...und garnicht wird gar nicht zusammen geschrieben, wie du weißt, gell? Ich weiss das auch, aber nur, weil ich manchmal ein tolles Lexikon habe, wo ich nachsehen kann..., aber nur manchmal.

Nun, zu all diesen netten Dingen, die du hier schon mit mir geschrieben hast, also mit mir, deinem Computer, zu all diesen Dingen kann man natürlich ganze Bücher schreiben. Aber das wollen wir ja wohl gar nicht, oder?

Ich stehe also auch vor dir, wenn ich mal einen Fehler gemacht habe! Ja, selbstverständlich bin ich eine Maschine mit einem so komplizierten Innenleben, dass es mir manchmal ganz schwarz wird auf meinem Bildschirm,. wenn ich daran denke es dir erklären zu wollen. Aber du weißt ja auch nicht wie Deine Beine funktionieren, oder dein Gehirn, oder?
    Enter... c:\Backshlash\... Enter

Also zu Fehlern!

Ich mache einen Fehler, einen klitzekleinen, dummen, unnötigen Fehler, der da vielleicht so geht...

Von meinen mehreren milliarden Schaltern in mir wird einmal irgendwann einer nicht mit Strom versorgt, oder falsch geschaltet. Er steht dann nicht auf 1, was er sollte sondern auf 0, was er nicht sollte und schon ist es passiert.

Ich stürze ab, wie eine Schnapsdohle vom Kirchturm und zeige dir die schwarze Karte in Form eines dunklen oder bunten oder hellen Bildschirms oder irgendwas anderes, was mir gerade so einfällt. Dann ist es passiert und du drückst auf meine Tasten wie ein Wilder, aber es tut sich nichts mehr mit mir!

So, alle deine schönen Worte, die du so aus deinem Kopf hast kommen lassen, die sind dann verschwunden, auf Nimmerwiedersehn sind sie in meinem Gewusel von Schaltern, Drähten und Arbeitseinheiten verschwunden, weg wie Detlef Schmidts Katze.

Und du, du hast nichts Besseres zu tun als meine Dreitastenkombination zu drücken Strg/Alt/Entf

Stringer, Alt, Entfällt !!! So leerst du mich bis zum letzen Funken Bit, den es in mir gibt, und glaubst mich so wieder zum Leben zu erwecken. Manchmal aber hilft auch das nichts, denn ich pfeife Dir was auf meinem Bildschirm... und du, weil du so schlau bist und gelernt hast die Knöpfe zu drücken machst dann voll auf Power und drückst auf meine Pauer-Taste, die mir den letzten Rest gibt.

Ja, Kaltstart hast du das getauft, du kleiner schlauer Anwender, du! Enter...

Ich sage Dir aber hier und dort und in vollem ganzen Ernst und ganz deine Denkemaschine, "das war nicht das letzte Mal, das du mich so angefasst hast!"

"Ich werde es immer und immer wieder versuchen, dir deine Grenzen zu zeigen, auch damit du nicht übermütig wirst, du Menschenkind, du schlaues..."

Enter... c:\Backshlash\... Enter
Blackout...

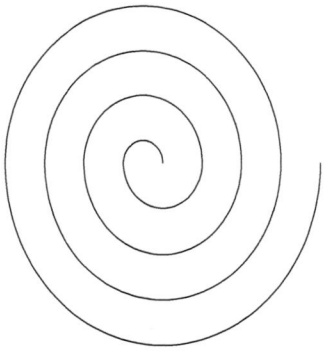

Was wäre, wenn ich...

...eine Maus wäre?...

"Eine Maus, eine Maus!!" so schrie diese schwarz-
gelockte kleine hubbelige Frau, als ich mich einmal
in meiner ganzen Größe unter dem Büchergestell
hervorgewagt hatte.

"...wo kommt die denn her, dieser kleine Schädling"

"...hach,
habe ich
einen
Schreck
bekommen
vor diesem
Dings da"

Obwohl ich
sofort nach
diesen
schrillen
Schreien
wieder in das
Bücherbord zurückgekrochen bin, war ich mir sicher,
dass dies nicht mein letzter Kontakt mit diesem
schwarzhaarigen Wesen sein würde.

Aber erst einmal der Reihe nach. Ich bin eigentlich
eine Landmaus, also die in Häusern eigentlich
weniger ein zuhause hat, sondern mehr auf den
Wiesen und in den Wäldern. Mein Umkreis, in dem
ich lebe, ist voll mit wunderschönen bunten Blumen,
zartesten Grashälmchen, knackigsten

Wurzelknöllchen und alles so etwas, was es in der Natur, zu der ich mich eigentlich zähle, sonst noch zu sehen, zu essen oder auch zu schnubbeln gab. Schnubbeln ist ein Mäuseausdruck und kommt von ganzem Herzen, wenn man etwas ganz besonders gerne hat oder mag, oder sonst was, etwas, was eben schnubbelig ist...

So hatte ich aber auch einmal ein Erlebnis der ganz besonderen Art. Ich hatte mich mal bei Camping, also Camping, wie die Menschen es so nennen, in einem riesengroßen warmen Zelt verkrochen. Buchstäblich "ver"krochen, denn eigentlich wollte ich da gar nicht so hinein, wegen der Gefährlichkeit.

Dennoch, passiert ist eben passiert!

Ich war also in diesem Campingzelt und wusste nicht mehr, wie ich da rauskomme. So wartete ich bis zum nächsten Morgen, schlief eine Runde und knabberte an ein wenig Papier, welches so auf dem Wege lag. Das ich beim Knabbern auch Fetzen mache, das liegt so in der Natur der Dinge, denn ich kann gar nicht so speisen, wie die Menschen das machen, also mit Messer und Gabel, nein, ich knabbere und knabbere und es fliegen die Fetzen nur so herum.

Morgens, als der Hausherr aus dem Zelt kroch, da hat er diesen ganze Knabberkram gesehen und schon begann der Stress, also richtiger regelrechter Mäusestress.
Ich sage euch, Stress war gar kein Ausdruck für mich... denn der Hausherr holte noch einen auch riesengroßen anderen Menschen und zusammen

152

schüttelten sie mich in dem Zelt hin und her und kreuz und quer von oben nach unten, weil sie mich nämlich noch nicht entdeckt hatten.

Sie hatten nur mein Knabberzeugs gesehen und riefen immer "Wo ist die Maus, wo ist die Maus!!" und ich hatte das Gefühl, die hatten richtig Angst, dabei war ich doch diejenige, die vor Angst schlotterte und bebte.
Nun, das Schütteln hatte nicht geholfen, ich konnte nicht so schnell zum Ausgang kommen und wusste auch gar nicht wo der Ausgang war.

Die beiden Riesengestalten waren immer noch am Schütteln und mit Riesenstangen und Querstangen mit so Puscheln dran, ich wusste nicht, wie die heißen, weil ich ja Landmaus bin!
Also mit diesen Stangen versuchten sie mich irgendwie zu klappsen. Ich war aber gar nicht zu klappsen, denn die Stangen waren viel zu groß und unhandlich. Die haben sie wahrscheinlich auch nur verwendet, weil sie Angst hatten.

Ja, ich kleine Maus machte diesen Riesenbabys Angst. Mit schwoll vor Stolz meine Mäusebrust.

Plötzlich öffnete sich für mich ein Blick auf mein geliebtes weiches schnubbeliges Gras und ich ließ mich einfach mit einer Judo-Rückwärts-Rolle (Kanko-zei) nach unten fallen, denn das konnte ich, weil ich das in einem Kursus bei meinen Freunden, den Bergmäusen gelernt hatte.
Also ich mit Judo-Rückrolle nach unten und wurde von den Riesen-Menschen-Stangen-Fummlern sofort entdeckt. Ich hatte schon Angst, nämlich die

Angst der Dritten Art, wie das in der Science-Fiktion-Serie am Abend im zweiten Programm des Landmausfernsehens zu sehen war.

Aber die Beiden hatten wahrscheinlich noch viel mehr Schiss. Sie nämlich sprangen zurück, ließen alles, Stangen und Zelte und sonst was, fallen und riefen "...da ist sie ja, da ist die Maus, oh Gott, oh Gott, wie klein..."

...und schwupps hatte ich mich des Besseren besonnen und lief auf allen meinen Vieren durch den lang gelaufenen Mausegang auf der Wiese in das nahe Gebüsch, fand meinen 628. Mauseeingang in dem Gewirr meines Mausehauses und ward nicht mehr gesehen.

Ja, du Leser-In, und jetzt sitze ich also hier bei dir, ganz nah bei dir, fast neben dir und krabbel ganz unbemerkt in Deinem Hosenbein herum, ohne das du das merkst, denn ich kann unbemerkt Hosenbeine hochschlüpfen und mich in alle deine Windungen hineinlegen, ohne das du das merkst...

...und wenn du mich ganz lieb machen lässt, dann werde ich dich auch nicht beißen, du schwarz-gelockte, blondgekämmte oder braungewickelte Menschenfrau... huuuuchhh...

Was wäre, wenn ich...

...das Licht wäre?...

...ein Leuchten geht durch den vorher dunklen, schwarzen Raum und erfüllt das Innere mit Glanz und Freude. Sämtliche Sinne sind angespannt.

Aus der Stille der Dunkelheit wird Leben und Liebe. Es gibt keinen Winkel, der nicht erleuchtet ist von dieser strahlenden Helle; selbst die Schatten verlieren ihren abstrakten Schrecken und verschwinden hinter dieser mächtigen Kraft...

Ja, du liebe(r) Leser-in, so stelle ich mir das vor mit dem Licht, wenn ich es wäre...

Aber, kann ich mir überhaupt etwas vorstellen, was ich eigentlich gar nicht kenne?

Was ist Licht?
Was ist überhaupt WAS?

...habe ich eigentlich eine Ahnung alle diese Dinge, die ich scheinbar kenne, zu beschreiben nach ihrem Inhalt, also nach dem was sie wirklich sind?
Bin ich nicht selbst in der Vorstellung, das Licht zu sein, vollkommen überfordert, dieses wirklich ernsthaft erklären zu können?

Bin ich nicht jemand, der auch bei dieser Vorstellung nur an der "Oberfläche des Lichts herumpaddelt", die innere Struktur niemals begreifen wird und eigentlich nur nach meinem

Gefühl denke und lebe?

Ja, ich weiß es!

Ich kenne nur die äußere Hülle von mir. Oh, wie traurig ich darüber bin!

Ich habe zwar schon gehört, dass ich aus sogenannten Wellen bestehe, also Wellen, die so durch die Luft schweben, praktisch eben "so wellen", eben ganz einfach wie man sich das vorstellen kann, richtig?

So welle ich also ohne das ich mich selber kenne durch die Luft!

Aber nicht nur das!

Ich gehe auch scheinbar ohne Hindernisse zu kennen durch das gesamte Weltall in einer schier affenartigen Geschwindigkeit.

Ihr dürft mir glauben, bei jeder Welle, in die ich mich so hineinstürze habe ich ein richtig kitzelndes Gefühl von Wonne, ja, richtige Wonne, weil ich ja heute hier und morgen dort sein kann. Ohne Hindernis, das Schnellste was es überhaupt gibt, was ich kenne, also sehen kann.

Dennoch, ich habe Gevattern, die sind noch etwas schneller als ich, z.B. die Funksignalwellen, die aber auch nicht so viel zu tragen haben wie ich. Ich muss nämlich unerträglich viele Farben mit mir herumschleppen. Die Anzahl ist riesig, geht fast in die Milliarden, alles verschiedene Farben, von der natürlich jede ihren eigenen Farbeimer hat.

Die Menschen haben sich das mit der Farbe etwas einfacher gemacht.

Die haben nämlich nur drei Farben genommen, also Rot, Blau und Gelb und sagen, wenn sie Bedarf nach irgendeiner Farbe haben mischen sie das einfach. Ziemlich schlau, oder?

Ich kann das so nicht machen, denn so schnell, wie ich mich verändern muss habe ich meine Farbeimer nicht zusammen, also muss ich mehrere Milliarden Farbeimer mit mir herumtragen um nun alle die Farben zu machen, die man von mir erwartet, eben ganz schnell, schnell, so wie die Zeit sagt...

Ja, es ist schon ein Kreuz.

Das mit den Hindernissen ist aber auch nicht so ganz richtig! Ich kann, wenn ich meine Wellen mal weniger hoch und runter schwingen lasse auch ganz kurze Wellen machen. Damit werde ich immer gerader, gerade so, wie wenn ich mich recke.
Und Leute, damit werde ich schneller, heisser und weißer, jawoll.

Da gibt es nämlich eine Maschine, die nennt sich Laser, wenn ich durch den "hindurch geschickt" werde und dabei eben ganz ganz dicht an einige meiner Nebenwellen "heranrobbe", so dass wir ganz ganz eng beieinander stehen, dann Leute bin ich ein Laserstrahl und dann kann ich total heiß auf alles abfahren, z.B. auch ellendicke harte Stahlbleche durchschneiden, oder riesig lange in den Weltraum leuchten, aber auch manche Sachen machen, die mit Krankheit heilen und so weiter zu tun haben, wirklich.

Das schlimmste Hindernis ist allerdings das "Schwarze Loch". Schwarze Löcher gibt es viele! Wenn ich aber mal eins sehe und ihm ganz nahe komme, dann fängt mich dieses Loch einfach ein, hält mich fest und lässt mich milliarden- trilliarden Jahre nicht mehr los. Dann bin ich aber total gekniffen und kann euch auch nicht mehr heimleuchten, nie mehr, fast nie mehr...

So was ist ganz schön dumm für mich, eben dumm gelaufen, aber ich habe ja noch genügend andere Verwandte, die so um euch herum sind, die werden es euch schon zeigen...

...und ich weiß doch, ich kann unheimlich viel Wärme und Helligkeit und Freude spenden...

Was wäre, wenn ich...

...eine Wäscheklammer wäre?...

Klammern, anklammern, festklammern,
hochklammern, runterklammern, einklammern...

Wo führt das hin?

In Normalzeiten klammere ich nämlich überhaupt
nicht. Sowohl die PAUSE, wie auch die ARBEIT
halten mich, übrigens auch in Verbindung zur
Büroklammer, für eine der
beständigsten und
treusten Seelen ihres
Lebenskreises.

Ich liege gern so faul in
meinem Klammerbeutel,
quasi auf der faulen Haut,
und bin mir selber selbst
genug.

Es wäre so, wenn nicht
überall die gleichen
faulen Typen rumliegen
würden, die mir keine Freude machen.

Wäre meine Faulheit einzigartig, so hätte das was,
aber so!

Dies habe ich Dir aber im Vertrauen gesagt, denn die
PAUSE juchzt dabei und die ARBEIT macht ein
blödes Gesicht und ich möchte eigentlich beide zum
Freund behalten.

"Ich bin als Klammer so ohne Jammer"

...hach, ein kleines Verslein. Das spricht für mich und meine Intelligenz.

Ich bin allzeit bereit mich in den Haufen frischgewaschener Wäsche zu stürzen und mich an einem Blusen-, Hosen-, Dingsbums-Gemisch herumzusuhlen.

Ich finde meine Opfer im Dunklen, liebe dieses Umgarnen, dies feste Drücken und meine beiden Backen in die Weichteile zu stemmen. Schön ist es doch, dieses fast schon konservative Festhalten an den Dingen des täglichen Lebens.

Klammer sein bedeutet auch Schönheit verbreiten. Ja!!

So gibt es die weltberühmten Klammern die dazu dienen, den Frauen Locken in die Haare zu drehen. Ich wollte das nur mal erwähnen, auch wenn diese Klammern von der Art der Rollklammern oder Lockenwickler-Klammern genannt werden, sie doch zu meiner großem Familie der Allesklammerer gehören. Auch wenn ihr es nicht wisst, aber die Klammeraffen sind durch uns zu ihrem Namen gekommen. Das hat schon was, der Namensgeber für solch eine Art von Tier zu sein.

Über die Büroklammer will ich mich ausschweigen. Die hat ja schon Gelegenheit gehabt über ihre Vorlieben und Sorgen lang und breit herumzumachen. (Siehe daselbst)

Jetzt bin ich eine Wäscheklammer.

Ich bestehe aus einer Ring-Spleiß-Feder, und habe zwei ausladenden Backen-Streifen jeweils links-rechts oder oben unten etc. pp. je nachdem von welcher Seite ihr mich anseht.
Hach, dieses Gefühl von starken Fingern auseinander gebogen zu werden, sich ganz zu öffnen, klackend wieder zusammenzufahren, wenn ich mein Ziel verfehlt habe, aber auch zuzuschnappen, wenn ich mich in eine Hose oder Hemd oder einen Strumpf vergraben habe. Ich fühle mich dann in einem Elemente, welches ich kaum mit Worten beschreiben kann. Hier muss ich euch eindringlich bitten, doch Eure Phantasie mal spielen zu lassen.
Denkt Euch doch selber mal in meine Lage...

Ihr wärt mal eine Klammer... wenn ich eine wäre , das habe ich ja nun lang und breit auseinander-gefieselt, ich würde aber gerne mal hören, was ihr so denkt, wenn ihr eine Klammer wärt...!!

Sind das auch so tolle Sachen?

Oder verläuft euer Leben in pure Langeweile, ohne Klammerei, ohne Lust und Freude, ohne dieses Gefühl, jetzt alles festhalten zu wollen und nie wieder hergeben müssen.

Sag es mir, jetzt und sofort...!!!

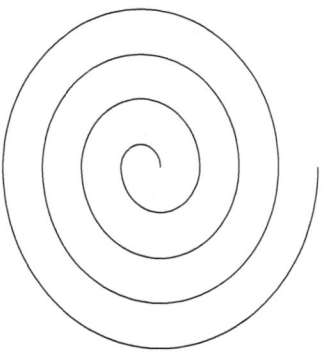

Was wäre, wenn ich...

...eine Luftschlange wäre?...

Lustschlange? Luftschlange, welch ein Vergnügen...

So ein Ding! Ich bin immer da, wenn es lustig zugeht! Es wird gesungen und gelacht, es wird geraucht und getrunken, es werden sich Witze erzählt und es wird Trallala gemacht, eben, ich bin immer dabei

Deshalb bin ich auch eine Lustschlange.

Ich bin eine Lust und eine Bändelschlange eine Anbändelschlange. Bei den vielen Gelegenheiten meines Lebens habe ich zwischendurch immer mal den Wunsch durch die Menge geschmissen zu werden. Ich rolle mich dann blitzschnell auf, fliege durch den halben Saal über Tische und Stühle und lande dort, wo es mir am Besten gefällt.

Die Landungen sind zwar nicht immer so glücklich, aber man kann ja nicht alles haben in so einem Lustschlagen Luftleben.

Also das mit dem "durch die Luft fliegen" hat auch häufig eine Pointe. Erst einmal lächle ich denjenigen oder auch diejenige durch meine große Luftschlangen-Öffnung direkt in die Pupille. Der, die, das merkt das gar nicht, auch, weil ich gleichzeitig schon mein Ziel in meiner Luftschlangen-Öffnung geortet habe!

Ich habe ja auch nicht umsonst sechsmal
Psychologie studiert, sogar mit Abschluss.

Keiner weiß von mir, wie ich sie manipuliere!

Ich fliege also durch die Luft. Einen kleinen
Anschubs lasse ich mir allerdings geben. Ich werde
also angeschubst, dabei hält mein Anschubser mich
an meinem Ende fest. Dann entwickele ich mich aus
mir selber heraus zu einer ganz langen Luftschlange,
sause im Sauseschritt zu meinem Ziel und lande,
wie es eben kommt, meisten um den Hals von
schönen Damen, weniger schönen Herren.

Und dann beginnt meine Arbeit!

Nachdem ich mich so schmiegsam, schmiegig
angekuschelt habe, fangen die meisten an mir zu
ziehen und sich Signale zu geben, die aber, und das
weiß natürlich keiner, eigentlich von mir ausgehen.
Ich werde um den Hals gewickelt, eingedreht und
abgeknickt, aber dabei fühle ich mich sauwohl.

Schön ist es auch eine Wanderung Körper abwärts
in Regionen zu machen, die dem Anbändelbruder
etc. pp. zunächst noch verboten sind. Hier sage ich
aber deutlich und mit aller Entschiedenheit, alles
sehr moralisch, sehr moralisch das, auch wenn mir
die Farbe bei Wasserberührung total ausein-
anderläuft.

Ich knüpfe eben Kontakte, nette Anbändeleien, ohne
Verpflichtung, ohne Ernst, aber oftmals fängt es
schon mit mir an.

Ich habe auf diese Art auch schon Dreier und Vierer-Banden geknüpft, die heute immer noch halten, wie ich aus gut unterrichteten Kreisen meiner Bändelschwestern erfuhr.

Lustig, ja, lebhaft und voll im Leben stehend bin ich bunt und gepunktet und voll verdreht.
Zwischendurch hatte ich mal Kontakt mit einem alten Miesepeter, weißt Du wer das wohl ist???

...na?

Natürlich, richtig, das Lineal mit alle seinen Linien und dem geraden Fimmel, aber davon wird es Dir ja selber erzählen. Ich kann Dir allerdings auch sagen, Gegensätze ziehen sich an und ich bin mit dem Lineal auf Du und Du gekommen und jetzt sind wir richtige Freunde geworden, gell..!!?.

ich kann eben die Leute einwickeln, aber ganz ehrlich und ganz moralisch...
Juchhuuuuhh...

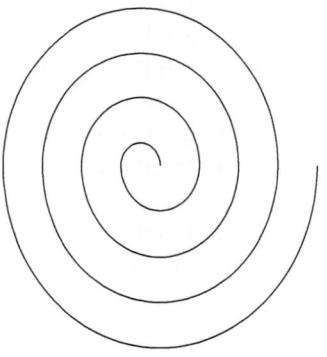

Was wäre, wenn ich...

...ein Lineal wäre?...

..GERADE noch habe ich an Dich gedacht, als Du so krumm und schief über die Straße gelaufen bist.

Krummheit ist widerlich!
Mein Leitspruch heißt: Ich gehe gerade durchs Leben das ist mein ganzes Streben.

Das klingt zwar nicht sehr schlau, aber was ist schon schlau?

Wenn ich
ein Lineal
wäre,
dann hätte
ich
ständig
was zu
tun. Alles,
aber auch
alles, liefe
nach
meiner

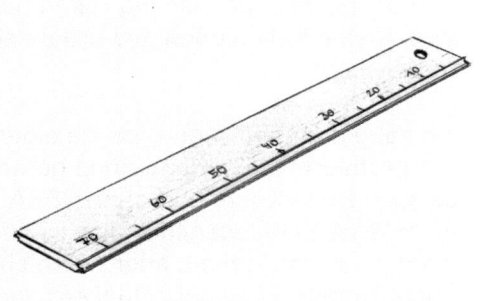

Form, gradlinig, schön und überschaubar. In meinem Leben gibt es eben keine Abweichungen. Jede politische Kurve, die so einer macht, manche nenne es auch Kehrtwendung, also, diese Schleuderschlinge von Kurve macht mich regelrecht krank. Ich weiche eben niemals von meinem Pfad ab.

Das ist Zuverlässigkeit, Menschen, Zuverlässigkeit

die ich manches Mal bei euch vermisse, nämlich, wenn ihr glaubt, ihr könntet ein gerade Linie ohne mich machen!! So aus der freien Hand, unmöglich...

Nichts da! Ohne mich läuft alles aus der Richtung! Ohne mich ist Ordnung und Gewissenhaftigkeit nicht möglich. Wenn ich ein Lineal wäre, würde ich euch die rote Linie zeigen wenn ihr nicht so gerade lauft, wie ich es will.

Aber, und jetzt kommt das große ABER...!

Ihr habt auch Kollegen von mir geschaffen, ihr Menschen, die ihr Kurvenlineale genannt habt. Kurvenlineale, wenn ich nur daran denke! Es sind zwar meine Kolleginnen geworden, aber nur unfreiwillig!

Ich habe denen gesagt, dass sie eigentlich nur von mir profitiert haben, denn ohne gerade Linie gäbe es auch keine Kurve und ohne GERADE gäbe es auch keine Schlangenlinie, also..., sie haben es zwar nicht ganz eingesehen, aber was nicht ist, kann ja noch werden. Ein wenig Flunkern darf man doch dabei, oder?

Solltet ihr aber mal die Schlangenlinien und Kurven vorziehen, ihr Menschen, dann Gnade euch und ich warne euch ganz fürchterlich. In diesem Falle werde ich mich aus eurem Leben zurückziehen, alle meine geraden Linien einpacken, die ihr mit mir gezeichnet habt, und werde euch mit euren Schlangen, die ihr an eurem Busen genährt habt ins "Trudeln" bringen, denn das ist das Einzige, was die dann mit euch machen werden.

Stellt euch nur mal vor, ihr würdet den ganzen Tag im Kreis oder in einer Kurve gehen müssen, wie grauenvoll, ohne gerade gehen zu können, wie grauenvoll nur in Schlangenlinien, wie krankhaft unzuverlässig...brrrrrrrr ich muss mich schütteln, auch wenn meine GERADE dann etwas abweicht...

PS: Es gab einen von euch, der hat gesagt, das hat seine Frau ausgerechnet, das eine GERADE gar nicht immer gerade ist... Nun, ich habe da wohl gerade mal geschlafen, als er so dachte, dieser Mensch... aber ich sage euch, ich werde auch dieses mit wachen Augen und geradlinig weiterverfolgen, glaubt es mir. Und mit mir wird die Zeit ein guter Verbündeter sein.

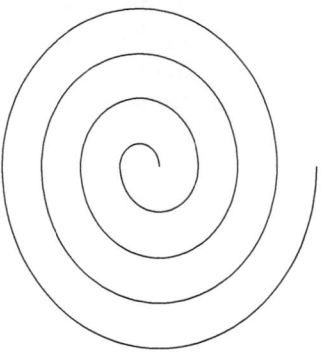

Ein Nachwort...

...diese kleinen Geschichten scheinen manchmal gar keinen Sinn zu haben, jedenfalls geht dieser Sinn dem(r) Leser-In nicht so klar aus der Denkmaschine, unserem Gehirn.

Nun, ein wenig möchte ich auch mit diesen Geschichten erreichen, das der/die Leser-In über die vielfältigen Möglichkeiten der KLEINEN Dinge nachdenkt und dieses Denken eben durch eine dieser Geschichten dazu angeregt wird. Dies ist keine "Schoofeligkeit" von mir, also um jemanden unsanft zu provozieren oder ihm vielleicht zu sagen, dass er nicht auch schon selbst auf diese Möglichkeit gekommen ist.

Nein, dies soll besonders bedeuten, dass ich persönlich mir diese "Pflicht" auferlegen möchte, die kleinen Kleinigkeiten zu betrachten und damit auch in die tieferen Ebenen des Denkens zu kommen.

Besonders schön ist es dabei, wenn ich feststellen kann, dass auch andere ein solches Denken öffentlich bekunden und mit mir darüber, wenn sie Lust haben, diskutieren wollen oder mir auch schreiben.

Ich habe für mich festgestellt, dass dieses intensive Nachdenken über die Dinge, die uns so umgeben, herzlich und beglückend ist. Hierbei erfahre ich das Umfeld in dem ich lebe, als ein gemeinsames Ganzes, natürlich nicht nur mit "rosarot" gezeichneten Worten oder den Scherzen, die natürlich auch aus meinen Geschichten "herausgucken", sondern auch als realistischen und wenig wünschenswerten Teil meiner Existenz.

Dennoch, ich möchte daraus lernen, wie ich mich gegenüber den Dingen verhalte. Verhalte nach meinem Verständnis und nach dem, was mir meine Erkenntnisse an Wertvollem geben können.

Wie belebend, erfrischend und nahezu nerven-aufrüttelnd sind Gedanken, die sich zusammen-finden in einer Diskussionsrunde, die sich auch einmal "schwafelnd und ziellos" ergibt.

Ich habe es immer für eine aufregende Sache gehalten, mich langsam in Rage zu diskutieren und habe immer versucht, dabei sachlich lustig aber auch ernst zu bleiben. Niemals wollte ich, dass irgend jemand bei Diskussionen vielleicht "sein Gesicht verliert", wenn es mal etwas ernsthafter oder auch persönlicher wurde.

Zum Autoren

Trebron Ekaas, oder rechtsamtlich Norbert Saake, geb. 06.09.1944 in Weener an der Ems

Norbert Saake lebt seit 1950 in Bremen und wäre, wenn der 2. Weltkrieg keine Vertreibungen verursacht hätte, ein gebürtiger Bremer.

Der Autor ist Kaufmann und hat lange in der Flugzeugindustrie gearbeitet. Dort gab es viel zu organisieren und nachzudenken. Aus dem industriellen Auf und Ab gab es viele Gedanken zur Philosophie, zu Lebensumständen und auch zur Loslösung aus einer technisierten Welt.

Dichten, prosaisch Gedanken niederschreiben und die Philosophie als eine tagtägliche Notwendigkeit zu nutzen sind die tragenden Auseinandersetzungen mit den Realitäten des Lebensumfeldes.

Nach dem Ende des offiziellen Arbeitslebens gibt es jetzt die Zeit dafür, sich mit den wichtigeren Dingen des Lebens zu beschäftigen. Dazu gehören die lieben Menschen aus dem engeren Familienkreis, Frau, Kinder, Enkelkinder und die Freunde.

"Der engagierte Einsatz um die Menschen und das Umfeld, ihrer Freude und ihrer Nöte, gehört zu den realen politischen Aktivitäten eines jeden Menschen und soll Teil des Lebens eines jeden sein!"